ZEITSCHADEN
Uwe Hermann & Uwe Post

- EDITION ÜBERMORGEN -

Uwe Hermann & Uwe Post

ZEITSCHADEN

Science Fiction

edition-übermorgen.de

Bibliografische Information der Deutschen Nationalbibliothek:
Die Deutsche Nationalbibliothek verzeichnet diese Publikation in der Deutschen Nationalbibliografie; detaillierte bibliografische Daten sind im Internet über http://dnb.dnb.de abrufbar.
© 2022 Uwe Hermann und Uwe Post
Korrektorat: Steffen Schneider
Schriftart: Liberation Serif (Lizenz: GPLv2)
Satz: Libre Office Writer
Herstellung und Verlag: BoD – Books on Demand, Norderstedt
ISBN: 978-3-7562-4772-1

Triggerwarnung:
Gewalt, Alkohol, Zeitreisen, Witze, Dachschäden.

Begeistert sah sich Lucia in ihrer neuen Bleibe um. Sie liebte das Chaos. Alles stand voller Kartons und Stofftaschen, Kochnische und Waschbecken waren quasi unerreichbar. Ihr Umzug war beendet!

Sie musste nur noch irgendwo Platz für Matratze oder Schlafsack schaffen und vielleicht ein paar Dinge in den Schrank räumen, und alles wäre perfekt.

Zwanzig Quadratmeter für sich alleine – was für ein Luxus!

»Du bist frei, Lucia!«, rief sie, drehte mit ausgebreiteten Armen eine Pirouette und warf einen Kartonstapel um.

»Ups«, machte sie. »Ach, du arme kleine Kiste, Lucia ist einfach so ungeschickt … entschuldige, ich werde dich und deinen Inhalt … hm, sieht aus wie Sommerröcke, die sind vorläufig unnötig … am besten …« Lucia sah sich um, ihr Blick fiel auf den Schrank.

Sie drohte dem Möbelstück mit der Faust. »Hat Lucia etwa ihren Kram so gestapelt, dass sich deine Türen nicht öffnen lassen? Na, das ist mein erster Umzug, ich lerne sicher noch dazu.«

Nicht ohne Mühe verschob Lucia ihre Umzugskisten so, dass sie zumindest eine Tür des massiven, alten Schranks öffnen konnte.

»So«, sagte sie und ächzte, »hier schmeiß ich euch Sommerklamotten erstmal rein, und damit ihr euch nicht so alleine fühlt, kriegt ihr noch diese Tasche unbekannten Inhalts …«

Lucia hielt inne, weil der Schrank nicht so leer war wie erwartet.

Darin lag ein flacher Gegenstand mit handlichem Griff, der auf den ersten Blick wie ein Staubsaugerroboter ausschaute. Einen solchen besaß Lucia allerdings gar nicht, und in ihrer klitzekleinen Studentenbude hätte sich ein solches Gerät ohnehin die meiste Zeit gelangweilt.

»Na, wer bist *du* denn?«, fragte Lucia fröhlich. Ihre Angewohnheit, alles und jedes Ding wie einen Menschen anzusprechen, hätte die fraglichen Objekte sicher fürchterlich genervt, wenn sie dazu in der Lage gewesen wären. »Hallo, kleiner Staubsauger!«

»Staubsauger*in*, wenn ich bitten darf!«, schnarrte das Gerät zurück und benutzte dafür eine Stimmlage, die an eine Wüstenspringmaus auf dem Weg zu einem dringenden Termin erinnerte.

Lucia war vieles, aber nie um eine Antwort verlegen. »Es heißt aber *der* Staubsauger, oder etwa nicht?«

»Erstens ist mein Geschlecht ja wohl *meine* Sache, und zweitens: Ja, kann sein. Manchmal bin ich mir auch nicht ganz sicher.«

»Wow«, sagte Lucia, »seit wann gibt es genderfluide Staubsaugerbots?«

»Ich bin Baujahr 2035, mein Name ist PetraX und ich verfüge über ein hochentwickeltes Zusatzmodul für psychologische Persönlichkeitsberatung«, erklärte die Staubsaugerin.

»Eine gespaltene Persönlichkeit, fein!« Lucia klatschte sich die Hand vor die Stirn. »Wir werden uns prima verstehen. Aber erstmal kommst du da raus, ich brauche den Platz für unwichtigere Dinge.«

»Danke«, sagte PetraX, »ich bevorzuge ohnehin einen Ort in der Nähe einer Steckdose. Übrigens kann ich mich nicht mit dem WLAN verbinden. Es scheint sich um ein veraltetes Protokoll zu handeln. Kannst du das bitte reparieren? Ohne Verbindung zu meinen Servern fühle ich mich so einsam.«

»Du hast doch mich«, sagte Lucia und hob den Saugroboter aus dem Schrank, um ihn auf dem Boden abzusetzen. Viel mehr Bewegungsfreiheit genoss das Gerät dadurch allerdings nicht.

»Meine Saugleistung ist erheblich beeinträchtigt, wenn der Boden mit Kartons vollgestellt ist«, erklärte PetraX. »Möchtest du stattdessen eine psychologische Beratung genießen?«

Lucia grinste. »Ich weiß ja nicht, welcher meiner Freunde dich als Willkommensgeschenk hier deponiert hat, aber das ist echt witzig.«

»Geschenk? Ich bin eine innovative, kombinierte Reinigungs- und Beratungslösung. Die Idee meiner Herstellerfirma, dass keine Wohnung 24 Stunden am Tag gesaugt werden muss, und Geräte wie ich in der restlichen Zeit daher andere nützliche Funktionen erfüllen können, wurde sogar patentiert!«

Lucia verdrehte die Augen. »Ich erfülle im Schlaf auch keine Funktion, soweit ich weiß.«

»Du bist ja auch bloß ein Mensch.«

»Manchmal wäre ich auch lieber ein Staubsaugerbot, dann hätte ich weniger Probleme«, versetzte Lucia. »Außer, wenn ich von seltsamen Typen umprogrammiert werde, um eine alte Freundin bei ihrem Umzug zu ärgern.«

»Ich wurde nicht umprogrammiert«, beharrte der Staubsauger.

»Du bist umprogrammiert worden, um genau das zu sagen«, stellte Lucia klar.

»Nein!«

»Doch!«

»Nein!«

»Doch!«

»Wütender Besitzer detektiert, starte beruhigende Musik: *Brave kleine Ratte* von *Tot im Rinnstein*.«

Trauriges Geklimper ertönte.

»Mach. Das. Aus!« Lucia hielt sich die Ohren zu. Der Staubsaugerbot mochte für vieles geeignet sein, aber hochwertige Lautsprecher hatte man ihm nicht spendiert.

Wenn Lucia ehrlich war, konnte sie ab und an etwas Aufmunterung gut gebrauchen, und der kleine, offenkundig von irgendjemandem manipulierte Saugbot war wirklich ein witziges Geschenk.

Vermutlich zeichnete das Ding alles auf, was sie sagte. Um ihr hinterher unter die Nase zu reiben, wie erfolgreich sie veralbert worden war.

Na, da hatte sie auch noch ein Wörtchen mitzureden.

Lucia bückte sich und zog eine Tüte Bio-Chips mit Walnuss-Aroma hervor. Knuspernd schlug sie die Beine übereinander und fing an, den Saugbot auszufragen.

»Du hattest dein Baujahr erwähnt, … 2035?«

»Korrekt«, schnarrte das Gerät.

»Wir haben aber erst 2023. Folglich kommst du aus der Zukunft.«

Der Saugbot schien eine Weile zu brauchen, um darauf eine Antwort zu finden. Vielleicht verursachte aber auch nur das WLAN einen Timeout, während der Bot sich bemühte, das aktuelle Datum von einem Zeitserver zu beziehen. »Das ist die einzige logische Schlussfolgerung«, sagte er dann.

»Prima«, freute sich Lucia. »Wie ist es so, in der Zukunft?«

»Ach«, machte der Bot, »Hitzewellen, Hungersnöte, Hypernörgler …«

»Also alles wie jetzt«, entfuhr es Lucia. »Langweilig.«

»Die Leute sind echt mies dran. Oder was meinst du, warum wir Staubsauberbots mit psychologischen Zusatzmodulen ausgestattet werden?«

»Um den Käufern dafür extra Kohle aus der Tasche zu leiern? So wie bei meinen Lieblingskeksen, die *Jetzt 20% mehr Inhalt* haben und 30% mehr kosten?«

»Das auch«, musste der Bot zugeben.

»Eines interessiert mich wirklich. Hat es geklappt … ich meine: wird es geklappt haben, mit der Begrenzung der Erderwärmung auf 1 Grad?«

Der Saugbot gab ein metallisches Kichern von sich. »Wie drollig. Die Erhöhung beläuft sich auf 3 Grad, weil gewisse Rückkopplungseffekte die Entwicklung verstärken.«

»Konnte ja keiner ahnen«, sagte Lucia sarkastisch und seufzte übertrieben, bevor sie sich noch mehr Chips einwarf. »Es sind also keine Außerirdischen gelandet, die die Sache für uns repariert haben?«

»Es wurde zwar öfter behauptet, aber die Beweise stellten sich alle als Deep Fakes heraus«, erklärte der Bot.

»Und es ist auch keine Mega-KI erwacht, die sich der Angelegenheit angenommen hat?«

»Doch, aber die hat sich als erste Amtshandlung selbst abgeschaltet, um die riesigen Energiemengen einzusparen, die sie verbrauchte.«

Lucia kicherte. »Die Monster-KI konnte ihre Stromrechnung nicht bezahlen?«

»Dieses Schicksal«, entgegnete PetraX, »teilte sie mit den meisten Bürgern dieses Landes.«

Annegret Richter saß auf ihrem Bett und löste Kreuzworträtsel, als etwas in ihrem Schlafzimmerschrank rumorte. Oder … *jemand*?

Sie horchte angestrengt, aber da war nur das dröhnende Ho-ho-ho aus dem Wohnzimmer, wo ihr Mann mit seinen Skatfreunden fröhlich Karten spielte, rauchte und alles in allem der Grund dafür war, dass sie ihre geliebten Kreuzworträtsel lieber im Schlafzimmer löste.

Annegret glaubte nicht an Poltergeister. Das unterschied sie von ihrer Cousine Ernestine, die an ihrer Stelle jetzt sofort den örtlichen Verein für wissenschaftliche Geisterfreunde herbei telefoniert hätte. Dessen Vorsitzender, Rolf Weinberg, freute sich gerade anscheinend im Nebenzimmer über einen besonders gelungenen Stich.

Komischer Zufall, dachte Annegret.

Dann rappelte die Schranktür.

Annegret griff nach ihrem Kopfkissen, das neben ihr lag. Vermutlich nicht besonders wirkungsvoll. Aber besser als Zeitschrift und Kugelschreiber.

Knarrend öffnete sich die Tür.

Ein gutaussehener Mann trat heraus. Er trug Jeans und Pullover und hatte die dunklen Haare zu einem Seitenscheitel gekämmt.

Annegret mochte weder Seitenscheitel noch Jeans. Ein respektabler Mann hatte ihrer Ansicht nach einen ordentlichen Anzug zu tragen.

»Guten Abend«, sagte der Mann. »Bin ich hier richtig bei … ich meine … im Jahr 1985?«

In diesem Moment machte in der Stube wieder jemand einen tollen Stich und grölte. Der Mann schien die großformatigen Gemälde an den Wänden zu bewundern, die allesamt blaue Schmetterlinge zeigten.

Annegret nickte, dann zeigte sie Richtung Tür. »Sie wollen sicher zu meinem Mann zum Skatspielen.«

»Nein, ich ziehe Tetris vor.«

»Tee-Trees?«

»So ungefähr.« Der Mann holte einen Koffer aus dem Schrank und schloss sorgfältig die Schranktür. »Entschuldigen Sie die Störung.«

»Das ist nicht unser Koffer«, sagte Annegret verwirrt.

»Nein«, sagte der Mann. »Es ist meiner.«

»Wie kommt Ihr Koffer in unseren Schrank?«, fragte Annegret.

»Das«, sagte der Mann, »ist eine bemerkenswerte Frage. Wenn ich antworte: Genau wie ich!, wären Sie dann zufrieden?«

Annegret Richter zögerte. Dann schüttelte sie den Kopf. »Nein«, sagte sie, »aber ich wäre Ihnen dankbar, wenn Sie unsere Wohnung jetzt verlassen würden, da ich sonst die Polizei rufen müsste.«

»Selbstverständlich«, sagte der Mann und deutete eine Verbeugung an. »Auf Wiedersehen.« Er ging mit seinem Koffer ums Bett herum, gefolgt von Annegrets Blick. Dann öffnete er die Schlafzimmertür und sah sich kurz im Korridor um, bevor er zur Wohnungstür ging.

Kurz darauf hörte Annegret die Tür ins Schloss fallen.

Während im Wohnzimmer niemand etwas mitbekommen hatte und weiter Stich um Stich gemacht wurde, erhob sich Annegret Richter langsam und trat vor ihren Kleiderschrank. Sie hatte ein bisschen Angst, was sie sehen würde, sobald sie die Tür öffnete. Noch mehr Männer? Oder gar nichts, weil der Kerl doch ein Einbrecher gewesen war und alle Kleidung der Richters in seinen Koffer gestopft hatte und gerade damit auf der Flucht war?

Annegret Richter spürte, wie ihr Herz schlug, als sie den Türknauf ergriff. Eine kleine elektrische Entladung schien auf ihre Fingerkuppen zu springen.

Sie atmete ein und hielt die Luft an.

Dann öffnete sie ruckartig die Schranktür.

Ottmar Siebert wusste, dass sie ihn jagten. Er hatte gegen die Regeln der Familie verstoßen und musste nun dafür bezahlen. Niemand widersetzte sich Wilhelmine Großenberg. Sie leitete Deutschlands größtes Transportunternehmen in der dritten Generation und war es gewohnt, dass sie alles bekam, was sie wollte. Sie war eine Spinne, die jeden Faden ihres Netzes kontrollierte. Wer einmal in ihre Fänge geriet, entkam ihnen nie wieder.

Als Ottmar begriff, in was er hineingeraten war, hatte er sich abgesetzt. Und nun waren sie ihm auf den Fersen, um ein Exempel an ihn zu statuieren. Jeder sollte sehen, dass man die Familie Großenberg nicht ungestraft hinterging.

Zwei Männer kamen die Treppe der Unterführung herauf und betraten den Bahnsteig. Beide trugen dunkle Anzüge, schwarze Schuhe und hielten Aktenkoffer in den Händen. Das Jackett des Größeren spannte sich über seiner Brust und Ottmar dachte sofort, dass er darunter sicher eine Waffe trug.

Die Männer blieben stehen, warfen einen Blick auf die Anzeigetafel der Züge und näherten sich dann der Bank, auf der er saß. Ottmar spürte wieder die lähmende Angst, die ihn seit dem Moment, in dem er aus dem Toilettenfenster geklettert war, nie ganz verlassen hatte. Er wusste nicht, wer alles für die Familie arbeitete. Vielleicht gehörten die beiden auch dazu. Waren sie seinetwegen hier? Die Großenbergs waren reich und ihr Einfluss erstreckte sich bis in die Reihen der Politik. Vielleicht suchte sogar die Polizei nach ihm. Ottmar wusste es nicht. Er ballte die Fäuste, dass sie schmerzten. Wie hatte er nur an diese Familie geraten können?

Die Männer kamen näher und schauten in seine Richtung. Ottmar wollte aufstehen und davonlaufen, aber die Angst lähmte ihn. Außerdem wäre er sowieso keine zehn Meter weit gekommen. Sportliche Betätigung war etwas, dem er allenfalls an der Spielkonsole nachging. Hinzu kam, dass er zu viel rauchte und gar nicht die Ausdauer für einen Sprint hatte, aber Himmel, er hatte doch nicht damit gerechnet, dass er einmal würde fliehen müssen.

Der größere der beiden Männer schaute ihm direkt in die Augen. Ottmar hatte das Gefühl, als würde die Luft gefrieren. Gänsehaut kroch seine nackten Arme und Beine hinauf.

Doch sie gingen vorüber, ohne sich auf ihn zu stürzen. Er hörte, wie der Kleinere eine spöttische Bemerkung über Ottmars Kleidung machte. Ottmar wusste, dass er in seinem orangefarbenen T-Shirt, den weißen, abgelaufenen Turnschuhen und den kurzen, roten Hosen, die so gar nicht zu dem Wetter passen wollten, lächerlich aussah, aber er hatte nicht die Zeit gehabt, um sich andere Kleidung zu besorgen. Inzwischen bereute er, dass er seinen teuren, maßangefertigten Anzug zurückgelassen hatte, doch er hatte nichts mitnehmen wollen, das ihn an diese Familie erinnerte.

Was für ein Outfit für eine Flucht, dachte er in einem Anflug von Selbstironie.

Die Anspannung verließ Ottmar auch dann nicht, als auf dem angrenzenden Bahnsteig eine Regionalbahn einfuhr und die Männer mit ihr verschwanden.

Eine zusammengeknüllte Zigarettenschachtel rollte vom Wind getrieben an ihm vorbei. Ottmar griff automatisch zu seiner Gesäßtasche, nur um sich daran zu erinnern, dass er seine Zigaretten in dem Anzug gelassen hatte. Endlich sprang der Text auf der Anzeigetafel um und kündigte den Zug an, auf den er wartete.

Kurz darauf meldete eine Durchsage seine Einfahrt. Längst hatte sich der Bahnsteig mit Menschen gefüllt.

Ottmar trat bis an die Sicherheitsmarkierung auf dem Boden des Bahnsteiges vor und lehnte sich nach vorne, um besser sehen zu können. Von rechts näherte sich in noch weiter Ferne eine Diesellok. Als er nach links schaute, hatte er das Gefühl, als stieße ihn jemand auf die Gleise. Da stand eine Frau mit aufwändig hochgesteckten, braunen Haaren in einem Brautkleid und zwei Männer in dunklen Anzügen, die sich suchend umsahen. Er zuckte zurück. Konstanze hatte ihn gefunden! Wie war das möglich? Dann wurde ihm klar, dass sie alle Bus- und Bahnhöfe nach ihn absuchen würden. Wie hätte er ohne Auto und mit nur ein paar Euros in der Tasche auch sonst fliehen sollen? Nur per Bahn oder Bus konnte er eine möglichst große Entfernung zwischen sich und der Hochzeitsgesellschaft bringen.

Langsam beugte er sich erneut vor. Konstanze und ihre Brüder waren in der Menge verschwunden. Hatten sie ihn gesehen? Er wusste es nicht.

Die Zeit, bis der Zug endlich anhielt und sich die Türen öffneten, dehnte sich wie Kaugummi. Dann drängte sich Ottmar an den aussteigenden Passagieren vorbei ins Innere und lief durch die Wagons Richtung Zugende. Wenn Konstanze ihn bemerkt hatte, würden sie im vorderen Teil des Zuges einsteigen.

Vor ihm öffnete sich die Tür zu einer Toilette und ein übergewichtiger Mann zwängte sich heraus. Er murmelte eine kaum hörbare Entschuldigung, als er Ottmar mit seiner Körperfülle in einen der Sitze drückte und auf den Ausgang zu eilte.

Ottmar fasste eine Entscheidung und betrat die winzige WC-Kabine. Er schloss die Tür und setzte sich zitternd auf den Toilettensitz. Einen Augenblick später spürte er, wie der Zug anfuhr. Er dachte an Konstanze und die schöne Zeit, die sie anfangs gehabt hatten. Damals hatte er noch geglaubt, sie sei eine gewöhnliche Studentin, mit Geldsorgen, so wie er.

Sie hatten gemeinsam an der Humboldt-Universität in Berlin einige Vorlesungen besucht und waren sich dort nähergekommen. Konstanze war jetzt nicht die bewundernswerteste Blume im Garten gewesen, aber sie hatte liebe Augen und so hatten sie sich regelmäßig getroffen. Damals ahnte er noch nichts von ihrer herrschsüchtigen Familie. Die lernte er erst nach ihrer Verlobung kennen. Von diesem Augenblick an wurde alles anders. Er schien in einem Topf mit Honig gefallen zu sein. Süß und verführerisch und doch so klebrig, dass man ihm nicht mehr entkommen konnte. Als er begriff, dass er irgendwann darin untergehen würde, war es bereits zu spät. Konstanzes Großmutter Wilhelmine bestimmte längst sein Leben. Er hatte sich so zu benehmen, wie man es von einem Großenberg erwartete und diese neuen Regeln unterschieden sich radikal von seinen vorhergehenden. Jede seiner Entscheidungen wurde infrage gestellt und korrigiert. Für alles gab es einen minutiös geplanten Ablauf. Selbst seinen Junggesellenabschied organisierten sie für ihn. Einflussreiche Geschäftsleute, Politiker und Freunde der Familie wurden eingeladen, nur seine Freunde nicht. Jeder aus der Familie trug ein lilafarbenes T-Shirt mit einer Nummer auf dem Rücken und der Aufschrift *Familie Großenberg*. Und Konstanze stand hinter allem, was ihre Großmutter befahl. Ottmar erkannte sie nicht wieder. Es schien, als hätte er mit der Verlobung einen Schalter bei ihr umgelegt. Die liebe, nette Studentin mit den gütigen Augen war zu einem Klon ihrer Großmutter mutiert. Bevor Ottmar den Rest seines Lebens eingesperrt in einem goldenen Käfig verbringen musste, war er am Tag der Hochzeit aus dem Toilettenfenster des Standesamtes geflohen. Und nun jagte ihn die komplette Hochzeitsgesellschaft.

Ein energisches Klopfen unterbrach Ottmars Erinnerungen.

»Besetzt!«, rief er. Worauf eine mürrische Stimme mit: »Mir egal, Fahrkartenkontrolle!«, antwortete.

Ottmar öffnete die Tür einen Spaltbreit, um sich zu vergewissern, dass niemand anderes als der Schaffner davor stand. Dann schob er seinen Fahrschein durch den Spalt.

»Das hier ist eine Toilette und kein regulärer Sitzplatz«, antwortete der Schaffner, während er mit seinem Lesegerät den QR-Code auf dem Ticket scannte.

»Ich habe Magen- und Darmgrippe«, log Ottmar.

»Dann gehören Sie ins Bett und nicht in die Bahn.«

»Ich fahre nur bis Königswinter. Sind wir pünktlich dort?«

»Pünktlich? Eher nicht. Zurzeit haben wir fünfundzwanzig Minuten Verspätung.«

Ottmar öffnete die Tür, bis er das Gesicht des Schaffners sehen konnte. »Aber dann verpasse ich meine Fahrgelegenheit.«

Der Mann zuckte teilnahmslos die Schultern. »Wenn Sie es eilig haben, hätten Sie das Auto nehmen müssen.« Er gab Ottmar das Ticket zurück und ging weiter zum nächsten Wagen.

Ottmar schloss die Tür und ließ sich wieder auf dem Toilettensitz nieder. Den Rest der Fahrt würde er sich nicht von der Stelle rühren, egal ob seine Verlobte, der Schaffner oder sonst jemand an die Tür klopfte. Und dann würde er Deutschland verlassen, bevor man ihn schnappte und zum Ja-Wort zwang. Ein Studienfreund hatte versprochen, ihn außer Landes zu bringen. Er hatte sie beide für ein Doktoranden- und Studentenprogramm an der Uni Köln angemeldet. Es ging nach Auvergne, in Frankreich, in ein Camp ohne Handyempfang, Strom oder sonstigen Komfort. Hier würde Konstanze ihn niemals finden.

Obwohl der Zug mit Verspätung in den Bahnhof von Königswinter einfuhr, schaffte Ottmar es rechtzeitig zum

Treffpunkt an die Drachenfelsbahn. Auf dem Parkplatz standen drei klapprige Mercedes-Transporter und ein SUV mit einem angehängten Wohnwagen, vor dem acht Jugendliche und ein älterer Herr in Cordsakko und Hut auf ihn warteten. Als Ottmar näherkam, hob einer von ihnen die Hand und winkte. Ottmar erkannte in ihm seinen Studienfreund Ferdinand Mowotzki und winkte zurück. Er beeilte sich, zur Gruppe aufzuschließen.

»Mann, du bist zu spät. Wir wären fast ohne dich losgefahren«, flüsterte Ferdinand seinem Freund zu.

Der ältere Herr neben ihm bedachte Ottmar mit einem tadelnden Blick. »Bei so einem Programm sollte Pünktlichkeit selbstverständlich sein, junger Mann«, bekam er anstatt einer Begrüßung von ihm zu hören.

Ottmar nickte. »Das ist es auch, aber leider gilt das nicht für die Deutsche Bahn.«

»Das ist Professor Cornelius Stemmer von der Kölner Uni«, erklärte Ferdinand und stellte sie einander vor.

Professor Stemmers Blick wanderte wie eine Laserabtastung über Ottmars Körper. »Wo sind Ihre Sachen? Rucksack, Wechselkleidung, Ausrüstung?«

»Die sind wahrscheinlich auf dem Weg zur Küste. Ich sagte doch, dass ich die Bahn genommen habe.«

»Er kann bei mir im Zelt schlafen und den Rest kaufen wir in Frankreich«, sagte Ferdinand schnell, bevor Professor Stemmer seinen Unmut in Worte fassen konnte.

Einen Augenblick lang schien es, als ob Ottmars Flucht bereits in Deutschland enden würde. Dann brummte der Professor sein Einverständnis.

Amelie Backmann, eine Studentin mit kurzen, blauen Haaren riss die Fahrertür eines der Transporter auf. »Dann los, alle einsteigen! Es geht nach Frankreich!«

Sir Francis Edmonton wartete, bis sich Butler Jones in sein Zimmerchen zurückgezogen hatte. Auch Amy, die Haushälterin, war längst zu Bett gegangen.

Das alte Haus in der Mount Street war dunkel und still.

Noch.

Edmonton saß in einem riesigen Sessel und fixierte das Whiskeyglas in seiner Hand. Würde er in dieser Nacht endlich den Geistern des alten Gemäuers auf die Spur kommen?

Er zwirbelte nachdenklich seinen gepflegten Schnauzbart. Im Grunde hatte er sich sein Leben ganz anders vorgestellt. Als Naturforscher war es sein Lebensinhalt, in fernen Ländern unbekannte Völker, Tiere und Pflanzen zu dokumentieren. Immerhin hatte er einen Ruf zu verlieren. Als Erstem war ihm eine – zugegeben etwas unscharfe – Fotografie zweier kopulierender Pandas gelungen.

Das sensationelle Bild war seine Eintrittskarte in den renommierten Traveller's Club gewesen, und das mit nicht einmal 25 Jahren. Nun saß er hier als Alleinerbe im Stadthaus seines viel zu früh verblichenen Vaters, sortierte tagsüber alte Unterlagen und fragte sich nachts, woher diese leisen Kratzgeräusche kamen.

Darauf angesprochen, versicherte Butler Jones, der schon Jahrzehnte für Edmonton Senior gearbeitet hatte, ältere Häuser würden nun einmal ein Eigenleben führen, und davon abgesehen höre er nicht mehr so gut.

Haushälterin Amy war zwar jünger, schlief aber nach eigener Aussage stets mit Watte in den Ohren, um das furchtbare Schnarchen von Jones nicht hören zu müssen, was diesen wiederum rot anlaufen ließ.

So ähnlich hätte dieser vermutlich ebenfalls reagiert, wenn er erfahren hätte, dass sein Hausherr heute in der Waschküche nächtigte.

Um herauszufinden, woher die Geräusche kamen, platzierte Edmonton in den letzten Tagen seinen Sessel jede Nacht in einem anderen Zimmer, und heute saß und horchte er eben in der Waschküche. Man musste systematisch vorgehen. Bei Pandas wie bei mutmaßlichen Geistern.

Natürlich glaubte Edmonton nicht an Übernatürliches. Er war schließlich ein moderner, aufgeklärter Zeitgenosse und Forscher durch und durch. Es gab keine Gespenster. Es gab für alles eine wissenschaftliche Erklärung. Sogar für den Londoner Nebel und für leises Kratzen in alten Häusern.

Draußen schlug der Big Ben die elfte Stunde.

Edmonton stellte sein Glas auf den Schemel, den er neben seinem Sessel platziert hatte.

Er schloss die Augen, um sich ganz auf die Stille zu konzentrieren. Sie fühlte sich an wie die Leere zwischen den Sternen, und sie hatte die Geduld eines Steins.

Statt aufmerksam zu horchen, nickte Sir Edmonton ein. Es war ein anstrengender Tag gewesen.

Im Traum flog er in einem zylinderförmigen Gefährt zu den Sternen. Mit an Bord kein Geringerer als der Schriftsteller Jules Verne, den er im Traveller's Club kennengelernt hatte. Gerade näherten die beiden Männer sich Brandy trinkend dem Mond, als der Franzose sagte: »Kratzt da jemand außen an unserem Gefährt?«

»Aber wer sollte hier leben, im Weltenraum?«, entgegnete Edmonton.

»Außerirdische Aethergeister womöglich«, schlug Jules Verne vor.

Edmonton lachte. »Schreiben Sie doch einen Roman darüber, Monsieur!«

»Wieso ich? Das hier ist doch *Ihr* Traum.«

Edmonton erhob sich und öffnete den Vorhang vor dem kleinen Fenster, das zur Beobachtung der Sterne diente, wenn die Herren nicht gerade Brandy tranken.

Draußen auf der Fensterbank saßen zwei kopulierende Pandas.

Schlagartig war Edmonton wach.

Da war wieder dieses Kratzen!

Und es kam eindeutig aus dem alten Schrank.

Soweit Edmonton wusste, enthielt er nur Vorräte an älterer Bettwäsche sowie Kleider seines verstorbenen Vaters. Dinge eben, von denen man sich nicht so leicht trennen wollte.

Das Kratzen hatte inzwischen aufgehört. War Edmonton hier etwa auf der Spur einer Mausfamilie, die sich von alten Hemden ernährte?

Leise erhob sich der Hausherr, nahm den Armleuchter vom Schemel und näherte sich dem Schrank. Nichts war zu hören. Nicht einmal das tiefe Schnarchen des Butlers kam hier unten an.

Mit der einen Hand hielt Edmonton das Licht in die Höhe, mit der anderen zog er am Türgriff.

Der Schrank war vollkommen leer.

Edmonton leuchtete in alle Ecken.

Das Holz sah seltsam aus. Vage konnte er im schlechten Licht Kratzer und Einkerbungen erkennen. Es roch nach ... fremden Ländern.

Irritiert schloss Edmonton die Schranktüren wieder.

Er würde sich den Schrank bei Tageslicht noch einmal genauer ansehen. Falls sich irgendetwas darin versteckte, würde er es schon erwischen. Auf dem Weg in sein Bett fasste er einen Plan.

Jules Verne begegnete ihm in dieser Nacht nicht noch einmal.

Ottmar hatte ein Schlafzimmer, groß wie eine Drei-Zimmer-Wohnung, mit eigenem Bad und einem morgendlichen Frühstücksbuffet gegen ein Zelt mit ISO-Matte, provisorisch zusammengezimmerter Dusche und Müsli eingetauscht, dennoch war er zufriedener als in Deutschland, denn noch etwas gab es nicht in diesem Camp: eine Familie, die ihm vorschrieb, wie er zu atmen hatte.

Vor etwas mehr als einer Woche war er mit Professor Stemmer und dessen Begleitern in Frankreich, im Wald von Tronçais am nördlichsten Rand der Auvergne angekommen, wo sie die evolutionäre und genetische Veränderung von Eichen an unterschiedlichen Standorten untersuchen wollten. Wie wirkten sich Klima, Ort und menschliches Eingreifen auf ihre Evolution aus und welchen Einfluss hatte das für das Ökosystem?

Sie zelteten mitten im Wald auf einer Lichtung, zwei Autostunden von der nächsten Siedlung entfernt, ohne Strom, fließendes Wasser oder gar Handyempfang. Ottmar wusste nicht, wie Ferdinand es geschafft hatte, dass er Teil dieses Projektes werden konnte. Seine Qualifikationen waren eher dürftig, aber wahrscheinlich hatte sich kaum jemand darum gerissen, drei Wochen seiner Semesterferien in der Wildnis verbringen zu dürfen. Die übrigen Teilnehmer waren ein bunt zusammengewürfelter Haufen aus allen Fachrichtungen, die zu zweit oder dritt in Zelten schliefen, die sie um die Feuerstelle herum aufgebaut hatten. In der Nähe floss ein kleiner Bach mit klarem Wasser, der ihnen jeden Morgen als Waschbecken diente, bevor sie frühstückten und sich von Professor Stemmer die neuen Aufgaben des Tages abholten.

Der Professor selbst schlief im Wohnwagen, den er für sich alleine beanspruchte. Die meiste Zeit über saß er unter dem davor aufgespannten Sonnendach, trank Tee, aß Kekse und ging die Daten durch, die sie für ihn sammelten. Er hatte seine Leute in Teams eingeteilt. Ottmar, Ferdinand und Amelie, das quirlige Mädchen mit den blauen Haaren, die einen der Transporter gefahren hatte, gehörten zu einer der Gruppen. Sie durchstreiften rund um das Lager einen winzigen Teil des fast 11.000 Hektar großen Wald von Tronçais, in dem die größten und schönsten Eichenbäume Europas wuchsen und kartographierten die Lage der ältesten Exemplare.

»Ferdinand meinte, du bist vor deiner Frau auf der Flucht«, kicherte Amelie, während sie den Standort einer eindrucksvollen Traubeneiche per GPS-Tracker festhielt und auf ihren Tabletcomputer kopierte. Ottmar ließ das Maßband sinken, mit dem er und Ferdinand den Umfang des Stammes gemessen hatten, und warf seinem Freund einen vernichtenden Blick zu. Amelie bemerkte ihn und lachte. »Muss dir nicht peinlich sein, dominante Frauen kommen in den besten Familien vor.«

»Ja, manche stehen sogar auf sie«, feixte Ferdinand.

»Konstanze und ich sind nicht verheiratet«, antworte Ottmar, verärgert, dass er etwas über sie erzählen musste.

»Oh, Konstanze.« Amelie deutete einen Hofknicks an. »Deine Verlobte gehört sicher zum alten Adel.«

»Was ihre Vorstellung zur Ehe angeht, auf jeden Fall«, antwortet Ferdinand.

Es schien Amelie Spaß zu machen, in seiner Wunde zu stochern. Sie plapperte unentwegt weiter. Als er nicht reagierte, stieß sie ihm freundschaftlich den Ellenbogen in die Seite: »Sei nicht eingeschnappt.«

»Bin ich nicht«, antwortete er, doch es klang zu sehr nach einer Lüge.

»Ich verstehe nur nicht, dass du wegen deiner Verlobten aus Deutschland geflohen bist. Glaubst wirklich, dass sie hinter dir her sind? Überschätzt du dich da nicht?«

»Ich leide nicht unter Verfolgungswahn, wenn du das meinst.« Ottmar hatte keine Lust mehr, über seine Verlobte zu sprechen, und deutete auf eine Eiche, ein paar Meter weiter. »Was ist mit dem Baum da?«

Amelie schüttelte den Kopf. »Die ist doch viel zu jung. Der Professor will, dass wir nur Bäume kartografieren, die mindestens einen Durchmesser von fünf Metern haben.«

Ottmar hatte nicht genau verstanden, was Stemmer eigentlich untersuchte. Er wusste nur, dass er anhand der Veränderungen der Bäume Rückschlüsse auf die Klimaerwärmung und den Einfluss des Menschen auf sie untersuchen wollte. Als ob es noch Unklarheiten über sie gegeben hätte.

Etwas später trafen sie auf einen Ausläufer des Baches, der durch ihr Lager floss. Er war zu einem Rinnsal geworden, der ein Feld mit Farnen zerteilte und dahinter im dichten Gestrüpp verschwand. Ein paar Meter weiter entdeckte Ottmar eine Baumgruppe, in dessen Mitte ein seltsamer, rechteckiger Busch wuchs. Er deutete mit der Spitze des Maßbandes in die Richtung. »Die drei sind aber alt genug.«

Amelie und Ferdinand folgten seinem Blick. »Was ist denn das da zwischen den Bäumen?«

»Das ist nur ein Busch«, antwortete er uninteressiert.

»Quatsch, irgendein mit Moos bewachsener Stein.«

Ferdinand erschlug eine Mücke auf seinem Arm. »Vielleicht ein Findling?«

Als sie näherkamen, sahen sie ein perfektes Rechteck, drei Meter breit und zwei Meter fünfzig hoch. Es steckte zwischen den drei Eichen, als wären die Bäume herumgewachsen. Ottmar entfernte eine Schicht Moos und staunte nicht schlecht, als darunter bearbeitetes Holz zum Vorschein kam.

»Das ist nicht natürlich«, stieß er hervor.

Die anderen halfen ihm und gemeinsam befreiten sie die Vorderseite des Objekts vom restlichen Moos. Was darunter zum Vorschein kam, verschlug ihnen fast die Sprache.

»Wie ... wie ist so etwas möglich?«, stammelte Amelie. Drei Augenpaare starrten auf den Kleiderschrank, der inmitten der drei Eichen auf dem Waldboden stand. Die Stämme schmiegten sich so eng um ihn, dass es schien, als wären sie mit ihm verwachsen.

Gemeinsam umrundeten sie den Schrank. Keiner hatte eine Erklärung, wie er in den Wald gekommen sein mochte.

Amelie schüttelte ihre Verblüffung als Erste ab. Sie startete die Kamera-App auf ihrem Tabletcomputer und schoss wie wild Fotos. Ihre Stimme überschlug sich: »Wir müssen den Professor holen! Und die anderen. Wenn sie das nicht mit eigenen Augen sehen, werden sie es nicht glauben. Na los, ruf sie«, blaffte sie Ottmar an, als dieser nicht sofort reagierte.

Im Wald gab es kein Handynetz, aber jedes Team hatte ein Funkgerät für den Notfall dabei. Ottmar zog seins aus der Gürteltasche, zögerte jedoch es einzuschalten.

»Was soll ich denen denn sagen?«

»Erzähl ihm bloß nichts von einem Schrank«, sagte Ferdinand hastig.

Amelie nickte: »Sag einfach, dass wir eine seltsame Entdeckung gemacht haben, die er sich unbedingt selbst anschauen muss.«

»Und wenn er wissen will, was?«

Sie verdrehte die Augen. »Mann, dann lass dir etwas einfallen!«

Ottmar schaltete das Funkgerät ein und rief das Lager, während Ferdinand vor dem Schrank kniete und das Licht seines Handys über das Holz wandern ließ. »Keinerlei Anzeichen von Fäulnis oder Zerstörung und das, obwohl er schon seit Ewigkeiten hier stehen muss.« Er beugte sich bis zum Sockel herunter und entfernte eine Schicht Waldboden. »Hier unten sind winzige Kanäle, als wäre er von einer Art Wurm befallen.«

»Okay, ich habe dem Professor die GPS-Koordinaten genannt. Er ist unterwegs, aber er war stinksauer, weil ich ihn von seinem frisch aufgebrühten Tee weggeholt habe.« Ottmar steckte das Funkgerät zurück in die Gürteltasche.

»Wenn er sieht, was wir gefunden haben, wird er seinen Tee schnell vergessen«, prophezeite Amelie.

Kurz darauf traf Professor Stemmer mit einem Teil seinen Teams bei ihnen ein. Amelie, Ferdinand und Ottmar hatten in der Zwischenzeit den Schrank vollständig von Moos befreit und so sah der Professor schon von weitem, was sie entdeckt hatten. Es war, wie Amelie vorhergesagt hatte: Den zornigen Kommentar, den Stemmer fraglos auf den Lippen gehabt hatte, vergaß er, als er den Schrank entdeckte. »Beim heiligen Sebastian, was ist das?« Er kam näher und ging um die Baumgruppe herum, ohne den Blick von dem Möbelstück zu nehmen. Dann nahm er seine Brille ab, setzte sie aber sofort wieder auf, als wollte er sich vergewissern, dass der Schrank nicht nur eine Spiegelung auf ihren Gläsern war.

Jemand in seiner Gruppe schnappte nach Luft. Ungläubige Kommentare wurden laut. Einer wollte wissen, wie sie den Schrank entdeckt hatten. Amelie erzählte es ihnen.

Nach der anfänglichen Verblüffung siegte ihre wissenschaftliche Neugier. Der Professor rief seine restlichen Leute und ließ alles, was sie an Untersuchungsmaterialien und -methoden im Lager hatten, herbeischaffen, um mehr über den Schrank und seinen Ursprung zu erfahren. Dann fielen sie wie einst Heinrich Schliemann, als er Troja entdeckte, über das Möbelstück her. Zuerst vermaßen sie seine Größe, die exakte Position und Ausrichtung und trugen alles in eine maßstabsgetreue Karte der Umgebung ein. Jemand machte mit einer Drohne Luftaufnahmen. Dabei wurde ihnen schnell klar, dass man den Schrank nicht auf normalem Wege hierher transportiert haben konnte. Es gab in der Nähe keine Zufahrtsstraßen, außerdem ergab es keinen Sinn, ihn hier abzuladen.

Professor Stemmer kratze sich an seinem Kinn. »Wir sind mitten im Wald, mehrere Stunden vom nächsten Haus entfernt. Wie also ist der Schrank hierher gekommen?«

Keiner wusste darauf eine Antwort.

Ein Student schabte Holzspäne von der Rückwand ab. »Haben Sie schon einmal so ein Holz gesehen, Herr Professor?«, fragte er, während er die Splitter zur späteren Untersuchung eintütete.

Stemmer schüttelte den Kopf. »Es erinnert mich an afrikanisches Tropenholz, aber die Maserung ist völlig anders und auch die Farbe.«

Ottmar betrachtete die Eichen, mit dem in der Mitte verkeilten Schrank. »Ich begreife nicht, wie die Bäume um ihn herum wachsen konnten. Wie alt mögen sie sein? Drei- oder vierhundert Jahre? So alt ist der Schrank auf keinen Fall. Dann wäre von ihm nichts mehr übrig.«

Stemmer kletterte auf eine aus dem Boden ragende Wurzel und beugte sich hoch zu der Stelle, wo die obere Kante des Schrankes auf den Baum traf. »Sie irren sich. Die Stämme sind nicht um den Schrank herum gewachsen«, korrigierte er ihn. »Es sieht so aus, als wäre er hinein gefräst. Hier oben fehlt ein Stück der Rinde und des Stammes und die Kante des Schrankes passt perfekt.« Er sprang herunter und drehte sich zu Amelie herum. »Habt ihr euch umgeschaut, ob es in der Nähe noch mehr seltsame Objekte gibt?«

Als sie den Kopf schüttelte, ließ er das Team ausschwärmen und die Umgebung untersuchen. Kurze Zeit später kehrten sie zurück, ohne etwas entdeckt zu haben.

Erneut konzentrierten sie sich auf den Schrank. Bei dessen Untersuchung entdeckten sie winzige Käfer, die sich von dem lilafarbenen Holz ernährten, alle anderen Bäume aber verschmähten. Die Rätsel wurden noch größer, als die ersten Ergebnisse eintrafen: Weder das Holz des Schrankes noch die Käferart waren bisher irgendwo dokumentiert worden.

»Wir könnten Proben der Eichen nehmen und mittels der Jahresringanalyse das genaue Alter bestimmen. Dann wissen wir, wie lange der Schrank hier schon steht«, schlug Ferdinand vor.

»Auf keinen Fall werden wir irgendeinen dieser Bäume beschädigen«, lehnte Stemmer kategorisch ab. »Wir sind Wissenschaftler und bohren nur dann Löcher in sie, wenn es unbedingt sein muss!«

Ottmar zog an den hölzernen Griffen der Türen. Ein oberschenkeldicker Ast verhinderte, dass sie sich bewegen ließen. »Wenn der Ast nicht wäre, könnten wir hineinschauen. Vielleicht finden wir im Inneren Antworten.«

Professor Stemmer wirbelte herum. »Holt die Kettensäge aus dem Lager!«

Kurz darauf kreischte der Lärm einer zornigen Säge durch den Wald. Ottmar ließ sie ein paarmal aufheulen, bevor er dem Ast am Stamm der Eiche zu Leibe rückte. Sägespäne flogen durch die Luft. Holz knackte. Dann schlug der Ast auf den Boden auf.

Professor Stemmer und mehrere seiner Studenten zogen ihn vom Schrank fort. Ottmar reichte die Kettensäge und seine Schutzbrille an Ferdinand weiter, bevor er erneut an einen der Türgriffe zog. Nun, da kein Ast mehr im Wege war, ließ sich die Schranktür problemlos öffnen.

Er schaute hinein. »Scheint leer zu sein«, sagte Ottmar enttäuscht. »Es ist aber zu dunkel, um das genau erkennen zu können. Ich schau mal nach.« Er ließ sich auf den Boden sinken und war im Begriff hineinzukriechen, als es plötzlich laut wurde. Eine Gruppe schwarzgekleideter, bewaffneter Männer stürmte aus dem Unterholz und rannte auf den Professor und seine Begleiter zu. Innerhalb weniger Sekunden waren sie überwältigt. Hoch über ihnen kreiste ein Hubschrauber.

Ottmar wusste, dass diese Männer seinetwegen hier waren. Ihm fiel der Schaffner im Zug wieder ein. Der Mann hatte sein Gesicht gesehen und gewusst, wo er aussteigen wollte. Die Familie hatte nur Ottmars Foto herumzeigen müssen und das Ziel seiner Reise erfahren. Der Rest war einfach gewesen.

Plötzlich rief eine Frauenstimme Befehle. Ottmar erstarrte vor Angst. Er kannte diese Stimme. Sie gehörte Wilhelmine Großenberg.

Sie hatte ihn gefunden!

Reflexartig zog er die Schranktür hinter sich zu.

Als Lucia gegen 9 Uhr von einem sanften Bimmeln geweckt wurde, wusste sie nicht, wo und wann sie war.

Zuerst erledigte sich die Frage nach dem Ort, denn als sie die Augen aufschlug, sah sie die vielen Umzugskartons, die aufs Auspacken warteten.

Die Frage nach dem Wann erledigte sich ebenfalls, als PetraX, ihr Saugbot aus der Zukunft (ha, ha!) verkündete, es sei neun Uhr, und alle Menschen, die Wert auf ihre Gesundheit legten, sollten allmählich zum Morgen-Jogging aufbrechen, weil es später zu heiß werden würde.

»Halt die Klappe«, ertönte Lucias Stimme gedämpft, weil sie unters Kopfkissen geflohen war.

»Außerdem«, sagte der Bot unbeeindruckt, »würde ich jetzt gerne ein wenig saugen.«

»Hör zu«, ereiferte sich Lucia, »du kannst saugen, wenn ich aufgeräumt habe.«

»Wann wird das ungefähr sein?«

Lucia stemmte sich hoch. »Irgendwann Mitte 2035, schätze ich.«

»Ich habe nachgedacht«, sagte der Bot. »Vielleicht kannst du mir eine Frage beantworten.«

»Sehr, sehr gerne. Ich tue nichts lieber, als gehackten Staubsaugerbots zu helfen.«

Der Bot surrte zustimmend. »Warum wurde ich kürzlich von einem 63-jährigen Herrn namens Enriquo Kovacs in den Schrank gestellt?«

»Das ist leicht zu beantworten«, gab Lucia zurück. »Du bist ihm auf die Nerven gegangen.«

Der Bot schien darüber nachzudenken. »Schon möglich«, gab er zu. »Aber das erklärt nicht, dass ich nicht von meinem Besitzer, sondern von dir aus dem Schrank wieder herausgeholt worden bin. Es erklärt ebenso wenig, warum du und dein WLAN ziemlich altmodisch auf mich wirken. Das soll übrigens kein Vorwurf sein!«

»Mann!«, rief Lucia und suchte ihre Socken. »Du wurdest umprogrammiert, um so zu tun, als würdest du aus der Zukunft kommen!«

»Oder ich bin durch die Zeit gereist«, meinte der Bot.

»Okay«, sagte Lucia, die ihre Socken an ihren Füßen gefunden hatte. Offenbar hatte der blöde Bot sie am vorigen Abend so abgelenkt, dass sie vergessen hatte, sie beim Schlafengehen auszuziehen. »Du bist also aus der Zukunft. Schön. Beweise es.«

»Gerne. Auf meiner Unterseite befindet sich ein Schildchen, auf dem mein Produktionsjahr vermerkt ist.«

»Zu leicht zu fälschen«, sagte Lucia. »Hast du eine eingebaute Datenbank?«

»Aber natürlich. Bekanntlich ist die Internet-Versorgung in Deutschland nicht ohne Lücken, daher verfüge ich über 64 GB ROM mit allen möglichen wertvollen Informationen, die auch in Funklöchern wie diesem Jahr hier zur Verfügung stehen.«

»Sehr gut«, freute sich Lucia und griff nach ihrem Phone. »Wie sieht es aus mit … historischen Fußballergebnissen?«

»Alle seit 1900. Inklusive amüsanter Statistiken. Wusstest, du, dass …«

»Wie endete gestern das Bundesliga-Topspiel zwischen Gladbach und Bayern?«

»1:3«, kam es wie aus der Pistole geschossen.

»Ha! Falsch!«, rief Lucia. »2:1! Du kommst *nicht* aus der Zukunft, du bist bloß ein programmierter Witz!«

»Das ist in der Tat eine überraschende Abweichung«, gab PetraX zu. »Vielleicht sollten wir Experten zu Rate ziehen, denn wir müssen beide zugeben, dass wir uns mit Zeitreisen wenig auskennen, nicht wahr?«

Lucia stieg über ein paar Kartons hinweg und versuchte sich zu erinnern, wo sie gestern ihr Müsli verstaut hatte.

»Klar, ich rufe gleich den Hamburger Lehrstuhl für Zeitreiseforschung an«, schlug Lucia vor, während sie zwischen Nudelpackungen wühlte.

»Einen solchen Lehrstuhl gibt es laut meiner Datenbank nicht«, erklärte PetraX trocken. »Dürfte ich stattdessen vorschlagen, den örtlichen Science-Fiction-Stammtisch KOSMISCHE HANSE zu kontaktieren?«

»Sicher, klingt nach Spaß«, meinte Lucia. »Ich kann ein Foto von dir machen und es denen per Mail schicken. Die Adresse lässt sich sicher rausfinden. Dann schreibe ich dazu, dass du aus einer kleiderschrankförmigen Zeitmaschine gefallen bist und gerne nach Hause telefonieren möchtest.«

»E-Mail?«, surrte der Saugbot. »Wie altmodisch.«

Lucia beeilte sich, mit dem Frühstück fertig zu werden, dann räumte sie das Zimmerchen so weit auf, dass ein großer Teil des Fußbodens frei zugänglich war. Das lenkte Saugbot PetraX ab.

Aus Spaß schickte Lucia wirklich eine Mail mit Fotos von der Ober- und Unterseite des Geräts an den SF-Stammtisch.

Auf dem Herstelleretikett stand tatsächlich 2035. Eine ziemlich überzeugende Fälschung, fand Lucia.

Während der Bot sich selbst mit sanfter Kaffeehausmusik dabei begleitete, zum dritten Mal den Fußboden zu saugen, versuchte Lucia, Krempel und Kram im Kleiderschrank zu verstauen.

Die Deckenlampe, die sie dazu angeschaltet hatte, erleuchtete das Innere des Schranks.

Lucia musste zugeben, dass der Schrank von innen relativ ungewöhnlich aussah. Er besaß keineswegs eine billige Hartfaser-Rückseite, sondern schien aus wenigen, großen Holzstücken gefertigt zu sein, die eine rotbraune Maserung aufwiesen.

In der linken Hälfte des Schranks gab es ein Regal, das eine andere Beschaffenheit aufwies – womöglich war es nachträglich eingebaut worden.

Lucia zog das Regalbrett heraus, weil es ihr so schien, als klemme dahinter etwas fest. Allerdings handelte es sich um ein zeigerförmiges Holzstück, das fest mit der Rückwand verbunden war. Daneben spürte Lucia mit den Fingerkuppen eingeritzte Muster. Waren das Schriftzeichen?

Lucia zückte das Handy, stellte die Kamera-App auf Makro-Modus und schoss ein paar Fotos. Bevor sie die Zeichen näher in Augenschein nehmen konnte, klingelte es an der Wohnungstür.

»Aha«, sagte Lucia. »Pass auf, Saugilein. Das wird der Witzbold sein, der mir dich untergejubelt hat. Na, dem werde ich was erzählen.«

»Bitte gib keine schlechte Bewertung ab«, surrte der Bot weinerlich. »Das könnte meiner Herstellerfirma schaden, da hängen Jobs und Familienschicksale dran!«

Lucia überging die Klagen, legte das Handy auf den Tisch, stieg über PetraX hinweg und öffnete die Tür.

Draußen standen zwei Männer und eine Frau. Lucia kannte keinen davon. Als der jüngere der beiden Männer grinsend die Hand zum Spock-Gruß hob, entfuhr Lucia ein Stöhnen.

»SF-Stammtisch Kosmische Hanse«, sagte der junge Mann heiser. »Zu Diensten. Mein Name ist Deckard.« Er drückte Lucia eine Visitenkarte in die Hand.

»Ich bin Sieben«, ergänzte die Frau und öffnete ihre Jacke, unter der eine Star Trek-Uniform zum Vorschein kam. »Von acht.«

»Dr. Warum«, sagte der grauhaarige Bartträger. »Wir sind gekommen, um den Zeitreisenden zu untersuchen. Er könnte eine Gefahr für die Menschheit sein.«

»Es ist eine Sie«, sagte Lucia. »Im Moment ist sie nur eine Gefahr für meinen Verstand.«

Sieben drängelte sich an Deckard vorbei in die Wohnung. »Ja, wo ist sie denn? Komm zu Mutti!«

»Ah …« Lucia versuchte, die Frau festzuhalten, erwischte aber nur deren Jacke, die sie gerade fertig ausgezogen hatte.

»Warum wisst ihr eigentlich meine Adresse?«

»Tja, warum, warum … wir sind Experten auf vielen Gebieten«, sagte Dr. Warum. »Darf ich?«

»Da ist er ja!«, sagte Sieben und hielt den Bot in die Höhe wie eine persönlich unterschriebene Autogrammkarte von Jean-Luc Picard.

»Sie!«, rief Lucia verzweifelt, während auch Deckard und Dr. Warum ins Zimmer traten. »Es ist eine *Sie*! Und zieht man bei euch nicht die Schuhe aus?«

»Wieso, dein Bot kann ja später saugen, hö, hö«, machte Deckard. Der junge Mann schleppte einen Spiderman-Rucksack, einen Outdoor-Laptop und ein bisschen Übergewicht mit sich herum.

»Ich war noch nicht mit der Bodenreinigung fertig«, erklärte PetraX geduldig.

»Wie niedlich!«, rief Sieben und zog eine riesige Lupe aus ihrer Hosentasche.

Unterdessen schnupperte Dr. Warum an dem Gerät und sagte übertrieben gedehnt: »Ahaaaaa!« Er griff in die Innentasche seines Mantels und hatte plötzlich einen großen, roten Schraubenzieher in der Hand.

»Moment mal!« Lucia schob sich an Deckard vorbei, der so tat, als sei sein Smartphone ein Tricorder, und Lucias Wohnung damit scannte. »Was habt ihr vor?«

»Nun«, sagte Dr. Warum, »wir zerlegen dieses Artefakt, um der Raumzeit-Anomalie auf die Spur zu kommen, die es hierher befördert hat!«

»Aber das Ding stammt doch nicht wirklich aus der Zukunft!«, rief Lucia. »Es ist ein Scherz eines Bekannten von mir! Ein Geschenk zum Einzug!«

»Ich fürchte, hier liegt ein Irrtum vor«, erklärte Dr. Warum. »Laut meiner Recherchen existiert kein einziges Staubsauger-Roboter-Modell dieser Art auf dem ganzen Planeten. *Noch* nicht, würde ich meinen.«

»Warum!?«, stöhnte Lucia und rieb sich die Stirn. Sie merkte gerade, dass sie heute früh völlig vergessen hatte, Kaffee zu trinken.

»Nun«, sagte Sieben und strich über die Oberseite des Bots. »Die Typenbezeichnung *Cleany Max IIIa* verrät uns den Hersteller, der Cleany heißt. Das ist eine chinesische Firma, ansässig in Shanghai, mit aktuell 3500 Mitarbeitern und einem Jahresumsatz von …«

Dr. Warum legte seiner Kollegin seine Pranke auf die Schulter. »Sieben! Konzentriere dich!«, sagte er eindringlich. Und, an Lucia gewandt, entschuldigend: »Sie ist eigentlich nur unsere Kassenwartin.«

»Schon gut«, sagte Sieben und hielt Lucia ihr Handy unter die Nase, auf dem eine Webseite geöffnet war. »Derzeit hat Cleany ein Modell namens *Mini II* im Angebot. Für nächstes Jahr wurde ein *Cleany Max* angekündigt. Einen Max IIIa gibt es nicht. Bisher.«

»Er kann nicht aus der Zukunft kommen«, beharrte Lucia verzweifelt. »Er kennt ja nicht einmal die richtigen Fußballergebnisse!«

»Ach was«, sagte Deckard, der seinen Scan beendet hatte und gerade anfing, die Maße des Raums mit einem Lasergerät aufzunehmen. »Noch nie was von der Multiversum-Theorie gehört?«

»Nein«, versetzte Lucia, »ich schaue keine SF-Serien.«

»Das ist keine SF«, erklärte Dr. Warum und fuchtelte mit dem Schraubenzieher vor Lucias Nase herum. »Die Theorie besagt, dass jede Zeitreise in die Vergangenheit eine neue Zeitlinie erzeugt. Und Zeitlinien können voneinander abweichen. Das verhindert übrigens ärgerliche Paradoxa.«

»Ja«, ergänzte Sieben und gluckste. »Wenn man seine eigenen Eltern umbringt und so'n Quatsch.«

Lucia konnte nur noch stöhnen.

»Dann woll'n wir mal«, sagte Dr. Warum. »Halt still!« Sieben hielt ihm den Bot hin, und der Mann setzte den Schraubenzieher an.

»Beim Öffnen des Geräts geht jeglicher Garantieanspruch verloren!«, maulte PetraX.

In Lucia brannte eine Sicherung durch.

»Finger weg!«, schrie sie, riss der Kassenwartin den Bot aus den Händen und machte zwei Schritte rückwärts.

»Aber wir wollen doch nur helfen«, sagte Dr. Warum und richtete den Schraubenzieher auf sie. Dasselbe tat Deckard mit seinem Laser.

»Raus hier!«, rief Lucia. »Oder ich …«

»Im Weltraum hört dich niemand schreien«, zitierte Sieben und langte nach dem Bot.

Lucia stolperte rückwärts, über einen Karton. Schon stand sie vor dem offenen Kleiderschrank. »Ihr seid durchgeknallte Stalker!«, schrie sie. »Hilfe! Okay Google, ruf sofort die Polizei!«

»Ich habe dich nicht verstanden«, antwortete Lucias Phone vom Esstisch aus. »Bitte sprich direkt ins Mikrofon.«

Lucia strauchelte, hielt sich an der rechten Schranktür fest, die prompt zuknallte.

Lucia sah nur noch das diabolische Grinsen des Dr. Warum, der gerade nach der anderen Schranktür griff. *Die wollen mich einsperren,* schoss es Lucia durch den Kopf.

Mit einem Schrei griff Sieben nach dem Saugroboter und zog. Lucia hielt dagegen und stand schon halb im Schrank.

»Warum haben Menschen bloß keinen Ausschalter?«, fragte Dr. Warum kalt. »Zu dumm.« Er pikte Lucia seinen Schraubenzieher in die Hand, so dass sie aufschrie und losließ.

Polternd krachte Lucia in den Schrank, versuchte sich instinktiv festzuhalten. Irgendjemand knallte die Tür zu.

Lucia fiel hin und hatte plötzlich ein Aufzug-Gefühl: Ihr Magen wollte nach oben.

Das Gefühl verging so schnell, wie es gekommen war. Es war absolut still.

Der SF-Stammtisch wartete anscheinend darauf, dass Lucia wieder aus dem Schrank kam, oder konzentrierte sich darauf, den armen kleinen Saugbot zu zerlegen, den ihr die verrückte Sieben im letzten Moment entrissen hatte.

Lucia tastete umher. Es war stockdunkel im Schrank. Nicht einmal durch die Ritze zwischen den beiden Türen fiel Licht.

Sie fasste einen Entschluss. Sie würde aus dem Schrank springen, Saugbot Saugbot sein lassen, nach ihrem Phone greifen und aus der Wohnung rennen.

Um alles Weitere würden sich Polizei und geschlossene Psychiatrie kümmern.

Lucia holte tief Luft, dann stieß sie die Tür auf.

Draußen: Dunkelheit. Irgendwo, weit weg, schien eine Kerze zu brennen.

Dann gab es einen Knall und einen blendenden Blitz.

64. Tag-Nacht-Wechsel nach der Baumblüte,
»Ort, wo der gurgelnde Bach den Wald verlässt«.

Riette sauste auf ihrem Laufrad die Hauptstraße der Siedlung entlang, vorbei an den reetgedeckten Holzhäusern, den Gemischtwarenläden mit ihren davor aufgestapelten Waren. Immer wieder wich sie Fußgängern aus.

»Sie haben zu mir gesprochen! Sie haben zu mir gesprochen!«, rief sie mit ihrer piepsigen Stimme. Manchmal, zwischen zwei keuchenden Atemzügen, schob sie ein schnelles: »Sie brauchen Hilfe!«, mit ein. Meistens war sie aber so außer Puste, dass sie die letzte Hälfte des Satzes verschluckte. Vorwurfsvolle Blicke folgten ihrer Fahrt. Auch ohne sie wusste Riette, dass sie gegen zu viele Regeln verstieß. Sie sollte weder rasen noch schreien, oder gar Leute umfahren, aber heute würde sie dafür keinen Ärger bekommen. Denn heute war alles anders! Außerdem war sie erst neun und einem neunjährigen Mädchen verzieh man so einiges.

Vor der Schnitzerei wäre sie dann aber doch beinahe mit Kunodor Meisterschnitzer zusammengestoßen, etwas, das man auch einer Neunjährigen nicht durchgehen ließ. Im letzten Moment wich sie ihm aus und streifte die Wasserrinne, deren bearbeitetes Holz das Trinkwasser aus dem im Tal liegenden See bergauf in ihr Dorf brachte. Ein Schwall Wasser ergoss sich über die Straße. Hinter ihr reckte Meister Kunodor die Faust in die Höhe und schimpfte, während Meinrich, sein Lehrling, die Bretter aufsammelte, die sie fallengelassen hatten. Kunodor Meisterschnitzer war nach ihrem Vater, dem Baumversteher, der zweitwichtigste Mann im Dorf. Er war es, der den Baumstämmen ihre versteckten Eigenschaften entlockte. Ohne ihn und seine Gabe hätten sie keine Häuser, die sie im Winter wärmten und im Sommer kühlten. Sie hätten keine Vorratsräume, in denen die Zeit wie Harz klebte und in denen die Lebensmittel nicht verdarben, kein Trinkwasser, das wie durch Zauberei bergauf floss und auch keine selbstfahrenden Kutschen, die sich alleine durch die im Holz gebündelten Energien vorwärts bewegten. Sie hätten nichts von dem Luxus, in dem sie dank Kunodor Meisterschnitzer lebten. Allein schon aus diesem Grund durfte ihn niemand verärgern. Auch Riette nicht. Kunodor behauptete von sich, dass er der beste Schnitzer des Landes sei, und niemand im Dorf würde das je infrage stellen. Auch nicht diejenigen, deren Häuser im Sommer in Flammen aufgegangen waren, anstatt zu kühlen, oder die sie im Winter vor Kälte hatten verlassen müssen, denn Kunodor war vielleicht nicht der beste, aber mit Sicherheit der einzige Schnitzer des Dorfes. Oder wie ihr Vater einmal gesagt hatte: »Man spuckt sich nicht in die eigene Suppe, wenn man nur einen Teller hat.«

Riettes Vater war der Baumversteher des Dorfes und bewohnte entsprechend seinem Rang das einzige zweistöckige Gebäude der Siedlung. Natürlich war es wie alle anderen aus Holz. Und immer aus dem Holz toter Bäume. Niemals wären sie auf die Idee gekommen, einen lebenden Baum zu fällen. So lange sie denken konnten, lebten sie mit der Natur im Einklang. Ihr Vater hatte ihr erzählt, dass die Bäume von Zeiten berichteten, in denen es anders gewesen war. Damals hatten die Menschen die Natur nicht als Lebewesen, sondern als reich gedeckte Tafel angesehen, an der sich jeder ohne Rücksicht bedienen konnten. Bis es nichts mehr zum Bedienen gegeben hatte. Aber diese Zeiten waren vorbei. Wie lange, das wusste niemand. Auch nicht die Bäume, die sich zwar an die Vergangenheit erinnern konnten, denen jedoch das Zeitempfinden fehlte, um sagen zu können, wie lange sie zurücklag.

Völlig außer Atem erreichte Riette das Haus ihres Vaters. Sie sprang von ihrem Laufrad, ließ es achtlos in den Sand fallen, und stürmte die Stufen hinauf zum Eingang.

Benehelm Dorfwache, ein kleiner, stets grimmig dreinblickender Mann mit Glatze, und die einzige Ordnungskraft im Dorf, versperrte ihr den Weg. »Wohin so schnell, kleine Dame?«, fragte er.

»Ich muss meinem Vater etwas Wichtiges sagen!«, warf sie ihm entgegen. Er musste ihr angesehen haben, dass sie es ernst meinte, denn er ließ sie anstandslos vorbei.

Als er Riette die zweiflügelige Tür öffnete, sah sie sich einer Delegation aus Kaufleuten gegenüber und ihr fiel ein, dass ihr Vater heute wichtige Besucher aus dem Nachbardorf treffen wollte. Für einen Moment zögerte sie. Dann erinnerte sie sich an ihren Auftrag und sie drängte sich an den Männern und Frauen vorbei bis ganz nach vorne.

»Aus dem Weg!«, schimpfte sie, als eine Gestalt ihr keinen Platz machen wollte. Sie quetschte sich an ihr vorbei und fiel vornüber in den Raum, direkt vor die Füße ihres Vaters, der sie mit einer Mischung aus Verblüffung und unübersehbaren Ärgers anschaute. »Riette? Was ist denn in dich gefahren?«

Unzählige Augenpaare richteten sich auf sie und nicht eines blickte freundlich.

Riette rappelte sich auf. Plötzlich klebte ihre Zunge am Gaumen. Eben noch hatte sie jedes Wort ihrer Erklärung im Kopf gehabt und nun gähnte dort nur Leere.

Ein paar Frauen in bodenlangen Kleidern steckten die Köpfe zusammen und tuschelten. Riette wünschte sich an einen anderen Ort oder das sie zumindest unsichtbar werden würde. Eben das, was sich neujährige Mädchen in so einer Situation wünschten, doch nichts davon geschah.

»Wer ist das?«, brummte einer der Kaufleute mit so tiefer Stimme, als käme sie direkt aus einem hohlen Baumstamm. Riette kannte ihn nicht, aber er musste aus einem der weit entfernteren Dörfer stammen. Seiner Kleidung und seinem wohlgenährten Körper nach zu urteilen, legte er mehr Wert auf reichhaltige Ernährung als auf Bewegung.

Ihr Vater entließ sie kurz seinem Blick und lächelte ihn entschuldigend an. »Das ist Riette, meine Tochter. Seit ihre Mutter zu den Bäumen gegangen ist, ist sie manchmal etwas ... vorlaut.« Dann wieder zu ihr: »Ich warte auf eine Erklärung!«

Riette öffnete den Mund, aber etwas in ihrem Kopf verhinderte, dass mehr als Gestammel herauskam.

»Die kann ich dir liefern, Brunhard Baumversteher!«, rief eine Stimme vom Eingang her. Die Kaufleute drehten sich um und bildeten eine Gasse, durch die Kunodor Meisterschnitzer auf sie zukam. »Deine Tochter hätte mich fast umgefahren!« Er wischte sich mit einem Tuch über seine Stirn. »Ich konnte mich nur durch einen schnellen Sprung retten.« Kunodor bedachte sie mit einem Blick, der ihr auch den letzten Mut nahm. »Dann hat sie die Wasserrinne beschädigt und eine ganze Tagesarbeit an Schnitzereien durchnässt. Ich verlange, dass sie bestraft wird!«

Riette sank auf die Knie und biss sich auf die Unterlippe, um nicht in Tränen ausbrechen zu müssen. Sekundenlang hörte sie nur die Anschuldigungen des Schnitzers. Da bekam sie Hilfe von unerwarteter Seite. Eine der Frauen trat auf sie zu, zog sie hoch und nahm sie in den Arm. »Jetzt ist es aber genug! Seht ihr denn nicht, dass die Kleine völlig verängstigt ist?« Sie quetschte Riette so fest an ihren gewaltigen Busen, dass diese glaubte, keine Luft mehr bekommen zu können. »Ist schon in Ordnung, Kleine. Was ist denn so wichtig, dass du wie ein wildgewordener Besen hier hereingeplatzt bist?« Sie strich ihr die Tränen aus dem Gesicht, die ihr trotz aller Anstrengungen, nicht weinen zu wollen, durchgerutscht waren. »Beruhige dich. Erzähle einfach, was los ist.«

Dass die Frau ihr Mut zusprach, löste den Knoten in Riettes Zunge. Nun kamen die Worte wie von selbst aus ihrem Mund, so schnell, dass sie nicht sicher war, ob jemand sie verstand.

»Die Bäume haben zu mir gesprochen. Sie wollen, dass mein Vater kommt! Es ist etwas Schlimmes geschehen!«

Der Kaufmann, an dem sie sich so grob vorbeigedrängelt hatte, lachte. »Das ist doch Unsinn. Die Bäume sprechen nur zu ihrem Baumversteher.«

»Riette hat meine Gabe geerbt«, widersprach ihr Vater. »Wenn sie sagt, dass die Bäume zu ihr gesprochen haben und es wichtig ist, dann ist es auch so!«

Er nahm Riettes Hand. »Ich fürchte, wir müssen die Gespräche beenden«, rief er den Kaufleuten zu, während er mit ihr zum Ausgang eilte. »Meisterschnitzer, du begleitest uns!«

Fröhlich lief Stefan Lasche mit seinem Koffer durch die Stadt. Er freute sich über die rumpelnde Straßenbahn, die vielen Passanten, die noch dringend vor Geschäftsschluss um 14 Uhr ihre Einkäufe erledigen mussten, und das sonnige Aprilwetter. Das Pflaster des Gehwegs war noch nass vom letzten Regen, in einer kleinen Pfütze tschilpten Spatzen.

Noch mehr freute sich Stefan Lasche über das, was fehlte.

Niemand starrte im Laufen auf ein Smartphone. Niemand durchsuchte Mülleimer nach Pfandflaschen. Nirgendwo Graffiti, Wegwerf-Kaffeebecher oder SUVs.

Wie im Paradies.

Ganz anders als zu Hause im Jahr 2022.

Stefan Lasche war am Ziel. Er war geflohen vor seiner langweiligen Arbeit, vor dem Klimawandel und den scheiß sozialen Scheißnetzwerken. Vor Computermusik, Fake News und nicht zuletzt vor seiner Frau.

Er war zurück in seiner wahren Heimat, der Zeit seiner Jugend: Die guten alten Achtziger!

Freie Liebe am Baggersee, Bonanza-Rad mit Fuchsschwanz, Heimcomputer ohne Internetanschluss, drei Kinos in jeder Kleinstadt, neue deutsche Welle … ja, hier war das Leben noch keine Simulation! Keine Dauerüberwachung, personalisierte Werbung, Luxushandys ab null Euro, Zwei-Tage-Versandhandel mit Retoure inklusive …

Aus der Zukunft mitgebracht hatte er nur ein paar zusammengekratzte D-Mark, einen Koffer mit Kleidung und ein Tablet mitsamt Ladegerät und Headset. Zwar gab es hier keine Internetverbindung, aber die gespeicherten Apps und Dokumente auf dem Gerät würden ihm gute Dienste leisten, um ihm einen Lebensabend ohne Sorgen zu ermöglichen.

Lasche war 49 Jahre alt und hatte die Zeitreise einer Midlife-Depression vorgezogen. In der Zukunft war ja fast jeder depressiv. Kein Wunder, fand Lasche. Mikroplastik, Hormone im Trinkwasser, ununterbrochen stand man selbst sowie hunderte schlimmer Nachrichten sofort zur Verfügung, das hielt man doch im Kopf nicht aus.

Er blieb vor einem Kaugummiautomaten stehen. Zwei Groschen für ein Kauvergnügen mit Aromastoffen der Jugend. Lasche lief das Wasser im Mund zusammen. Aber er musste haushalten. Er besaß nur wenige Münzen und eine Handvoll qualitativ hochwertiger Farbausdrucke von Zehnmarkscheinen für den Notfall. Das würde nicht lange gutgehen. Auch in den Achtzigern musste man essen und trinken und brauchte ein Dach über dem Kopf. Leben war nie billig gewesen, schon gar nicht als Fremder.

Lasche überquerte eine Brücke und erreichte den Hauptbahnhof. Ein düsteres Gebäude aus düsteren Zeiten. Drinnen stank es nach kaltem Rauch. Klackernde Schuhe eiliger Reisender hallten vom kahlen Gemäuer wider. Was die Leute wohl dazu sagen würden, wenn sie wüssten, dass er aus der Zukunft kam? Lasche grinste in sich hinein. Manche Geheimnisse blieben besser welche.

Im Durchgang zu den Gleisen gab es Telefonzellen. Eine davon suchte sich Lasche aus, stellte seinen Koffer ab und wischte sich Schweiß von der Stirn.

Er schlug unter P wie »Pension« nach. Er benötigte eine nicht zu teure Unterkunft in verkehrsgünstiger Lage. »Bei Doris« klang genau richtig. Der Name erinnerte ihn an seine alte Liebe. Die einzige Frau, die ihn jemals verstanden hatte. Sicher war die Unterkunft nicht in modernem Zustand, aber was schadete das, wenn man die Zukunft schon gesehen hatte: glänzende Fassaden, ja, aber dahinter genau derselbe Wahnsinn wie überall.

Menschen waren eben zu allen Zeiten gleich.

Seufzend nahm Lasche den Hörer ab, warf zwei Groschen ein und wählte die Nummer der Pension.

»Guten Tag, Lasche ist mein Name. Hätten Sie wohl ein Zimmerchen für mich für ein paar Tage? … Ja, ich bin geschäftlich unterwegs … Nein, nur eine Person. … Frühstück, ja, gerne. … Ja, natürlich, keine Besucher auf dem Zimmer. Danke. Ich bin schon unterwegs, Wiederhören!«

Bevor Lasche den Bahnhof verließ, kaufte er sich eine Zeitung und nahm einen Fußball-Toto-Schein mit.

Er wechselte dabei ein paar freundliche Worte mit der knurrigen, alten Frau, die ihn bediente.

Im Grunde war sie lange tot – in seiner ursprünglichen Zeitlinie.

Aber hier, heute, jetzt lebte sie. Und er auch.

Mit gemischten Gefühlen machte sich Stefan Lasche auf den Weg zu seiner Pension.

64. Tag-Nacht-Wechsel nach der Baumblüte,
»Ort, wo der gurgelnde Bach den Wald verlässt«.

Brunhard Baumversteher saß auf dem Kutschbock seines zugpferdlosen Gefährtes und lenkte es die Hauptstraße entlang, auf den Ausgang des Dorfes zu. Er steuerte es über zwei Hebel und Zugseile, mit denen er die Vorderachse bewegte. Angetrieben wurde seine Kutsche durch besonders bearbeitetes Holz, dessen freigelegte Energie die Räder auf den Achsen in Rotation versetzte. Normalerweise bewegten sie sich in gemächlichem Tempo, heute aber hatte Brunhard die Schleifbremsen gelöst, und die Kutsche sprang förmlich über die Straße. Hinter ihm krallten sich seine Tochter und Kunodor Meisterschnitzer an den Sitzen fest, trotzdem hüpften sie bei jeder Bodenwelle auf und ab. Die letzten Häuser blieben hinter ihnen zurück und rechter Hand tauchten die beiden großen Getreidesilos auf, gewaltige, hölzerne Türme mit einem knappen halben Dutzend Fuhrwerke davor. Die Silos, oder genauer deren fehlender Inhalt, waren nur eines der vielen Probleme, die Brunhard zu lösen hatte. Die Bevölkerung wuchs, doch ihnen fehlte das Getreide, um sie ernähren zu können. Sie hatten einfach keinen Platz mehr für neue Ackerflächen. Den Wald um das Dorf herum konnten sie nicht roden. Kein Baum durfte sterben, nur damit sie ein weiteres Getreidefeld anlegen konnten. Er dachte an die Delegation der Kaufleute, die er ohne eine Erklärung zurückgelassen hatte. Als seine Tochter in ihrem so unbeholfenen Übermut in die Verhandlungen mit dem Nachbardorf geplatzt war, sollte es um Getreidelieferungen gehen, die seine Leute durch den Winter bringen würden. Als Gegenleistung hatte Brunhard angeboten, Kunodor Meisterschnitzer, für einen Sommer ins Nachbardorf zu schicken, da es dort keinen Schnitzer

48

gab. Diese Vereinbarung war nun hinfällig und er würde eine andere Lösung finden müssen, um seine Leute ernähren zu können.

Hinter den Silos verschluckte sie der Wald, der ihr Dorf wie eine schützende Mauer umgab. Eine Gruppe Männer und Frauen, die abgestorbenes Holz für Kunodor Meisterschnitzer sammelten, sahen auf, als sie an ihnen vorbeifuhren. Riette hob die Hand und winkte, da waren sie und ihr Fuhrwerk auch schon außer Sichtweite.

Obwohl kein Wind wehte, bewegten sich die Äste der Bäume, an denen sie vorbeifuhren. Blätter raschelten, lösten sich und fielen zu Boden. Der Wald spürte, dass ihr Baumversteher sich ihnen näherte. Ein paar Eichhörnchen, groß wie Riettes Laufrad, nahmen erschrocken Reißaus, bis hinauf in die Kronen, wo sie ihren Blicken entkamen.

Kurze Zeit folgte Brunhard einem glasklaren Bach, wo sie ein Rudel Regenbogenrehe vertrieben. Der Feldweg endete auf einer Lichtung, in dessen Zentrum sich ein gewaltiger Baum erhob, so stark, dass nicht einmal drei Männer an den Händen haltend seinen Stamm umfassen konnten.

Brunhard ließ die Schleifbremsen zurückspringen. Holzkeile pressten sich an die Räder und blockierten sie. Kreischend rutschte die Kutsche noch ein paar Meter weit und hinterließ tiefe Spuren im Waldboden, bis sie mit einem Ruck zum Stehen kam.

Er hob Riette von der Kutsche und zog sie hinter sich her, durch ein Feld aus kniehohen Farngewächsen, aus dem immer wieder die Wurzeln des Baumes herausragten. Auch Kunodor Meisterschnitzer kletterte von der Kutsche. Er ließ seinen Gürtel mit dem Werkzeug zurück, zog seinen langen Mantel aus, und lief hinter ihnen her.

Schon von Weiten streckte der Baum ihnen seine Äste entgegen, als wartete er sehnlichst darauf, endlich mit jemandem sprechen zu können.

Sie erreichten eine Treppe an seinem Fuße. Brunhard, seine Tochter und Kunodor stiegen die hölzernen Stufen hinauf, die sie zu einer rund um den Stamm herumlaufenden Konstruktion führten, und sie hoch hinauf bis unter die Baumkrone bringen sollte.

Brunhard nahm Riette auf den Arm und trug sie das letzte Stück. Als seine Tochter das erste Mal die Stimmen der Bäume gehört hatte, hatte sie von ihm wissen wollen, wieso Bäume überhaupt sprechen konnten und wieso ihr Holz so voller Energie war, dass es sogar nach ihrem Tod noch Dinge vermochte, die kaum jemand verstand. Er hatte geantwortet, dass den Bäumen die Möglichkeit zur Flucht fehlte. Vor langer Zeit war ihnen das zum Verhängnis geworden und hatte sie fast ausgerottet. Die nächste Generation hatte aus ihren Fehlern gelernt und neue Fähigkeiten entwickelt, um sich zu verteidigen.

Immer weiter ging es nach oben, bis die Holzkonstruktion knapp unterhalb der Baumkrone endete. Brunhard setzte Riette ab und beugte sich zum Baum hinüber. Er legte sein Ohr an den Stamm. Ein Sturm aus Wörtern und Bildern schlug ihm entgegen. Normalerweise nahm sich der Baum Zeit und zog Sätze und Wörter ewig in die Länge, bis Brunhard glaubte, die Geduld verlieren zu müssen, heute aber kamen sie in so einer Geschwindigkeit, dass er erschrocken zurückfuhr. So hatte er den Baum noch nie erlebt.

»Riette hat recht«, sagte er zu Kunodor Meisterschnitzer. »Es ist etwas geschehen. Der Baum ist so aufgeregt, dass ich seine Worte nicht verstehe. Ich glaube ...« Er suchte nach einer Erklärung. »Ich glaube fast, er hat Angst.«

»Aber das ist doch unmöglich. Vor was sollte er Angst haben?«

»Ich weiß es nicht.«

Der Baum verlor die Geduld. Äste senkten sich, umklammerten Brunhard und hoben ihn in die Höhe. Und auch Kunodor und Riette wurden von den Beinen gerissen und durch das Blätterdach nach oben gehoben. Andere Äste griffen zu, übernahmen sie und schließlich waren sie so weit oben, dass sie die Baumkrone überragten.

Der Himmel hing voller Wolken, dunkel wir verfaultes Holz. Es roch nach Rauch. Ein heftiger Wind packte ihre Kleidung, die Haare.

Dann sahen sie, was den Baum so in Angst versetzt hatte, und der Anblick war schlimmer als jeder Alptraum. Riette stieß einen Schrei aus und fing an zu weinen. Kunodor öffnete den Mund, doch er war zu entsetzt, um etwas sagen zu können.

Vor ihnen im Tal fraßen sich gewaltige Rauch ausstoßende Ungetüme aus Holz durch die Wälder, rissen Bäume wie Getreidehalme aus dem Boden, entästeten sie und schälten sie aus ihrer Rinde. Ihnen folgten andere Fahrzeuge, die sie auf gleiche Länge zuschnitten und auf Fuhrwerke, so groß wie ihr halbes Dorf, verluden.

»Sie ... sie bringen die Bäume um!«, stammelte Kunodor Meisterschnitzer.

Brunhard antwortete nicht. Wohin er auch blickte, überall fraßen sich diese gewaltigen, tödlichen Maschinen durch die Wälder und hinterließen eine Schneise der Zerstörung. Das war es, was der Baum ihm hatte zeigen wollen: Jemand tötete sein Volk, um an ihre Stämme zu kommen!

Plötzlich rissen die Wolken auf, ein gewaltiger Schatten fiel auf sie herab, und eine weitere Maschine wurde sichtbar, die bewegungslos über ihnen am Himmel hing. Sie war so riesig, dass alle Fahrzeuge und ihre Ladung problemlos Platz in ihr gefunden hätten. Wie sich dieses dunkelbraune Objekt in der Luft hielt, konnte er nicht erkennen. Es gab keinerlei Anzeichen eines Antriebes, trotzdem schwebte das Monstrum über ihnen, leicht wie eine Wolke. Dann erkannte Brunhard die typische Maserung auf der Außenhülle, die schmalen Ritzen zwischen den einzelnen Elementen, die Astlöcher und er begriff, dass auch dieses Schiff aus Holz gefertigt worden war. Doch das war unmöglich. Holz konnte nicht fliegen! Zumindest hatte er noch nie davon gehört, dass jemand so etwas gebaut hatte.

Er sah zu Kunodor hinunter. »Wer ist in der Lage, Holz schweben zu lassen?«

Der Meisterschnitzer schüttelte den Kopf. »Ich weiß es nicht.«

»Das können keine Menschen sein«, sagte Brunhard schließlich. »Diese Wesen kommen nicht von der Erde!«

Kunodor sah ihn bestürzt an. »Du meinst, dieses Bauwerk fliegt nicht nur, es bewegt sich auch durch den ... Weltraum? Wie geht so etwas?«

»Sag du es mir. Du bist der Schnitzer.« Brunhard konnte den Anblick nicht mehr ertragen und kletterte zu Riette hinüber, die ihn sofort in den Arm nahm. Er strich ihr über den Kopf. Er sah Kunodor mit ernstem Gesicht an: »Diese Wesen müssen uns um Jahrhunderte voraus sein. Nicht nur ihre Maschinen sind von einer Größe, die wir niemals würden bauen können, sie besitzen auch Raumschiffe aus Holz, die durch den Weltraum fliegen. Trotzdem müssen wir sie aufhalten. Wenn wir es nicht tun, zerstören sie unsere Welt, nehmen uns unsere Bäume und lassen einen toten Planeten zurück.«

»Aber niemand von uns weiß noch, wie man kämpft. Die letzten Kriege liegen ewig zurück. Und selbst wenn es anders wäre, wir besitzen nicht einmal Waffen. Wie sollen wir uns gegen Außerirdische wehren, die in der Lage sind, aus dem Holz der Bäume Raumschiffe zu bauen?«

»Ich weiß es«, sagte Riette plötzlich und löste sich aus seiner Umarmung. Sie wischte sich die Tränen aus dem

Gesicht. »Der Baum hat es mir verraten. Er hat einen Plan. Er meint, wir brauchen Kleiderschränke. Viele Kleiderschränke!«

Ein scharfer Knall weckte Francis Edmonton. Noch im Halbschlaf griff er nach dem Säbel, den er neben dem Bett bereitgelegt hatte. Ein wertloses Andenken aus dem Nahen Osten, das ihm ein Einheimischer im Tausch gegen ein Familienfoto aufgeschwatzt hatte.

Mit Armleuchter, Säbel und Nachthemd bewaffnet rannte Edmonton hinunter zur Quelle des Geräuschs.

Etwas war in die Fotofalle getappt, die er vor dem Schrank in der Waschküche aufgebaut hatte!

»Sir! Sir!«, rief Jones vom Dienstbotentrakt her. »Da war ein Geräusch!«

»Was Sie nicht sagen«, entgegnete Edmonton ohne anzuhalten.

Barfuß sprang er in die Waschküche.

Der Schrank stand offen.

Davor eine langhaarige, junge Frau in einem dünnen Hemd.

Edmonton schrie, ließ den Säbel fallen und hielt sich eine Hand vor die Augen. Die Frau schrie auch – und rannte einen Moment später an ihm vorbei, hinaus aus der Waschküche.

»Aber … aber …« Edmonton starrte den leeren Schrank an. Keine Maus. Keine Pandas. Sondern eine fast nackte Frau.

Edmonton ohrfeigte sich. »Ich träume nicht!«, entfuhr es ihm, »O mein Gott!« Er schüttelte sich, dann rannte er los. »So warten Sie doch!«

Vom Treppenhaus aus ertönte ein weiterer Schrei.

Jones.

Als Edmonton den Butler erreichte, der ebenfalls nur ein Nachtgewand trug, stotterte dieser: »Sir, eine geisterhafte Elfe …«

Edmonton griff Jones an die Schulter. »Ist die Haustür abgeschlossen?«

»Natürlich, Sir! Aber …«

»Sehr gut, dann kann sie nicht hinaus. Was sollten die Leute denken!«

»Ja, Sir … Ja, die Leute, … aber … Sir!«

Da war Edmonton schon die Stufen hinauf geeilt. Er hörte gerade noch, wie jemand an der Haustür rüttelte und irgendetwas fluchte.

»Miss!«, rief er. »So warten Sie doch!«

Er bog um die Ecke, außer Atem. Sah, wie die Frau in der Bibliothek verschwand, rannte hinterher, stürmte in den Raum. Das Feuer glimmte noch im Kamin. Die Frau versteckte sich hinter dem großen Sessel. Edmonton lief links herum, griff nach dem Arm der Frau, bekam ihn aber nicht zu fassen. Sie lief Richtung Tür, aber da stand schon Jones mit Edmontons Säbel.

Die Frau rief etwas, aber anscheinend nicht auf englisch. Sie drehte um, wollte Edmonton ausweichen, der sich ihr entgegen warf, stolperte, zog ihn mit sich …

Die beiden bildeten ein international fluchendes Menschenknäuel auf dem Löwenfell vor dem Kamin.

»Sir!«, heulte Jones und holte mit dem Säbel aus. »Halten Sie still, sonst treffe ich Sie mit dem Säbel und nicht den Geist!«

»Ich bin kein Geist!«, schrie die Frau auf englisch. »Lassen Sie mich los!«

»Nur, wenn Sie nicht weglaufen. Ich tue Ihnen nichts!«

»Aber Ihr Schlossgespenst hat einen Säbel!«

»Das ist nur mein Butler.« Edmonton sah das schmale Gesicht der jungen Frau direkt vor sich. Die letzte Glut des Kaminfeuers spiegelte sich in ihren Augen. Er spürte ihre Brust. Und sie spürte höchstwahrscheinlich … auch seinen Körper.

»Entschuldigen Sie, Miss …«

»Können Sie bitte von mir runter …«

»Ja, sofort, bitte … nehmen Sie meine Hand.«

Edmonton erhob sich und half der Frau auf. »Darf ich mich vorstellen? Ich bin Sir Francis Edmonton. Mit wem habe ich die Ehre?«

Die Frau starrte ihn nur an. »Lucia«, sagte sie dann. »Lucia Ladorno aus Hamburg.«

Edmonton zeigte auf den Sessel. »Ist mir eine Ehre. Und was führt Sie nach London? In meinen Schrank? Mitten in der Nacht?«

Lucia setzte sich. Zuerst schaute sie bedrückt auf ihre Füße, die nur mit Socken bekleidet waren. Schließlich hatte ihr der SF-Stammtisch keine Gelegenheit gegeben, sich ordentlich anzuziehen, bevor sie in den Schrank …

Lucia entfuhr ein Wimmern. »Ach du Scheiße!«, flüsterte sie.

»Wie meinen?«, sagte Edmonton.

Lucia räusperte sich. »Die folgende Frage wird Ihnen vielleicht seltsam vorkommen. Welches Jahr haben wir?«

»1870, aber wieso …«

»Weil dieser fucking Schrank eine fucking Zeitmaschine ist. Der Vakuumreiniger hatte recht.«

Edmonton sah von Lucia zu Jones und zurück. »Was bitte ist ein Vakkumreiniger?«

»Vergessen Sie es. Sie werden mir sowieso kein Wort glauben. Ich komme aus der Zukunft. Aus dem Jahr 2023.«

»Nun«, sagte Edmonton, »das erklärt zumindest, warum Sie nicht wie eine Lady gekleidet sind.«

»Sie sehen auch nicht gerade wie ein Gentleman aus.«

Edmonton sah an sich hinab. Er trug ein sehr teures Nachthemd, verzichtete aber darauf, das Thema zu vertiefen. »Jones«, sagte er und setzte sich in den Sessel gegenüber, »würden Sie mir bitte einen Brandy bringen? Einen doppelten.«

Lucia hob einen Finger. »Mir auch.«

»Sehr wohl, Sir, Miss«, sagte der Butler. »Darf ich mich vorher ankleiden oder ...«

»Im Gegenteil«, unterbrach Edmonton. »Danach können Sie wieder zu Bett gehen. Wir kommen ohne Sie zurecht.«

»Wie Sie meinen, Sir.« Der Butler ging zu einem kleinen Tisch in der Ecke, der voller Flaschen stand.

»Sir Edmonton also«, sagte Lucia. »Und das 19. Jahrhundert. Ich schätze, es hätte schlimmer kommen können.«

Jones verteilte den Brandy, dann verbeugte er sich knapp und zog sich zurück.

»Zum Wohl«, sagte Edmonton und nahm einen Schluck. »Ich möchte nicht unhöflich erscheinen«, fuhr er fort, »aber als Forscher halte ich Beweise für die beste Möglichkeit, Wahrheit und Erfindung zu unterscheiden.«

»Nett, dass Sie nicht Lüge gesagt haben«, gab Lucia spitz zurück. »Leider habe ich mein Zaubergerät in der Zukunft vergessen.« Sie tastete ihren Körper ab. »Ich habe nur ...« Lucia zögerte, als sie etwas in der Gesäßtasche ihrer Jeans fand. Sie zog die Visitenkarte hervor und las sie nachdenklich.

```
Science-Fiction Club und Stammtisch
       KOSMISCHE HANSE Hamburg
  Gegründet 2001 im Weltall (Terra)
  1. Vorsitzender: Herbert Deckanski
  Unsere Odyssee wird niemals enden
```

»Hier«, sagte Lucia. »Das ist eine Visitenkarte von den Leuten, vor denen ich auf der Flucht bin.« Leise und auf deutsch fügte sie hinzu: »Was ich selbst kaum glauben kann.«

Edmonton nahm die Karte entgegen und studierte sie sorgfältig. »Ich kann Deutsch nicht besonders gut lesen. Aber hier steht zumindest die Jahreszahl 2001.«

»Das Gründungsdatum des Clubs.«

»Science Fiction? Was habe ich mir darunter vorzustellen?«

Lucia grinste. »Bücher und so. Mit Zukunftsgeschichten. Der Weltraum. Fremde Planeten. Zeitreisen. All so'n Quatsch.«

»Science Fiction, aha«, wiederholte Edmonton langsam. »Sagt Ihnen der Name Jules Verne irgendwas?«

»Sicher«, sagte Lucia und nahm ihren letzten Schluck Brandy. »Er hat diese Literaturgattung quasi erfunden.«

»Wundervoll«, freute sich Edmonton. »Möchten Sie ihn kennenlernen?«

Lucia fiel das Glas aus der Hand. Zum Glück auf das weiche Löwenfell.

65. Tag-Nacht-Wechsel nach der Baumblüte, »Ort, wo der gurgelnde Bach den Wald verlässt«.

Kunodor Meisterschnitzer verzweifelte. Die Aufgabe, die ihm Brunhard Baumversteher gestellt hatte, war so gewaltig, dass er nur scheitern konnte. Dem Holz thermische Eigenschaften zu entlocken, war das Eine, aber was er nun von ihm verlangte, war unmöglich. Immer wieder hatte er das dem Baumversteher gesagt, doch der hatte nur gemeint: »Etwas nicht zu können, ist kein Grund, es nicht zu tun.«

Seit Stunden marschierte Kunodor nun schon in seiner Werkstatt auf und ab, ohne auch nur einen einzigen Holzstamm bearbeitet zu haben. Meinrich, sein Lehrling, der seit dem Morgen den Boden fegte, beobachtete ihn aus dem Augenwinkel. Sicher fragte er sich, worauf sein Meister wartete.

Kunodor beendete seinen ruhelosen Marsch durch die Werkstatt und ging zu einem der Baumstämme hinüber, die in einer Ecke der Werkstatt auf schweren, vierbeinigen Böcken ruhten. Er ließ seine Hand über den Stamm gleiten und spürte die in ihm eingebundene Energie, die sich im Laufe der Jahre dort angesammelt hatte. Leben gab es in dem Stamm schon lange nicht mehr. Er war tot, doch seine Kraft war noch vorhanden. Kunodor dachte an Brunhards Tochter und ärgerte sich, dass sie mit ihrer Frechheit durchgekommen war. Sie hatte ihn umgefahren und ihr Vater hatte sie nicht einmal getadelt. Was sollte aus dem Gör nur werden, wenn niemand sie erzog? Sicher, ihre Mutter lebte nicht mehr, aber war das ein Grund, sich so aufzuführen?

Er nahm ein Stück Kreide aus der Tasche und malte die Energielinien nach, deren Kribbeln er in seiner Handfläche spürte. Sicher würde sie wie ihr Vater

Baumversteher werden, wenn es dann noch Bäume gab. Während er weiße Striche auf den Stamm zeichnete, überlegte er, ob sie ohne Bäume überhaupt einen Baumversteher brauchten.

Hinter Kunodor an der Wand hingen großformatige Bohrer, Winkel, Stecheisen und Hämmer in unterschiedlichen Größen. Er nahm einen Stechzirkel herunter und schlug Kreisbögen um einen Teil der Linien. Wenn er sie jetzt freilegte, würde er die Energie im Innern des Stammes nutzen können, doch er hatte keine Ahnung, wie er sie so einsetzen konnte, wie es von ihm verlangt wurde. Er warf den Zirkel zurück auf die Werkbank und strich sich nachdenklich über das Gesicht.

»Ist alles in Ordnung?«, fragte Meinrich leichtsinnigerweise.

Er fuhr zu seinem Lehrling herum. »Natürlich ist alles in Ordnung! Wieso fragst du?«

Meinrich schoss das Blut ins Gesicht. »Ich ... ich.«

»Wenn du mit dem Fegen fertig bist, dann schneide die Rahmen der Schränke zu. Wir brauchen Schränke – sehr viele Schränke. Bald werden die Schnitzer und ihre Lehrlinge aus den umliegenden Dörfern eintreffen, nach denen der Baumversteher geschickt hatte. Dann müssen sie fertig sein.«

Sein Lehrling stellte hastig den Besen beiseite. Kunodor spürte, wie Meinrich allen Mut zusammennahm. »Aber Meister, ich verstehe nicht, wie Kleiderschränke uns retten könnten. Sollten wir nicht lieber Waffen bauen?«

Kunodor hatte eine wütende Erwiderung auf der Zunge. Stattdessen legte er sein Werkzeug weg, zog sich einen Stuhl heran und setzte sich. Er verstand den Plan der Bäume ja selbst nicht. »Wir wissen nicht mehr, wie man solche Waffen baut. Deshalb sollen wir Kleiderschränke zimmern. Die Bäume wollen, dass ich sie in die Vergangenheit schicke, damit sie mit Kriegern und Waffen zurückkehren.«

Meinrich bekam große Augen. »Ihr sollt das Holz so bearbeiten, dass es durch die Zeit rutscht? Aber ... aber das ist doch völlig unmöglich!«

Kunodor nickte. »Ich weiß, aber der Baum behauptet, dass es machbar ist.«

Sein Lehrling holte tief Luft. »Verzeih mir Meister, aber selbst wenn es Ihnen gelingt, die Schränke in die Vergangenheit zu schicken, ist es doch noch lange nicht gesagt, dass sie mit Waffen und Kämpfern zurückkehren. Ja, es ist nicht einmal sicher, ob sie überhaupt zurückkehren.«

»Und trotzdem will der Baum, dass wir es versuchen.«

Meinrich nahm sich selbst einen Stuhl und setzte sich neben ihn. »Aber wie bearbeitet man Holz, damit es durch die Zeit rutscht?«

»Ich habe keine Ahnung«, gestand Kunodor.

Hinter ihm flog die Eingangstür auf und drei Männer trugen einen riesigen mit Mutterboden gefüllten Kübel herein, in dessen Mitte ein junger Baum steckte. Ihnen folgte Brunhard und seine Tochter.

Kunodors Blick fiel auf den Baum.

»Das ist ein Ableger des alten Baumes. Er wird dir zeigen, wie du die Stämme bearbeiten musst«, erklärte Brunhard Baumversteher.

»Aber ich verstehe die Sprache der Bäume nicht.«

»Deshalb wird meine Tochter bei dir bleiben und weitergeben, was der Baum zu sagen hat.«

Riette lächelte. »Wir kommen bestimmt gut miteinander aus. Und keine Sorge, mein Laufrad habe ich zuhause gelassen.«

Anja Sohl vertrat ihre Mutter häufig an der Rezeption der im Familienbesitz befindlichen Pension. Vor allem in den Ferien.

Es war fürchterlich langweilig.

Aber sie bekam für jeden Tag zwei Mark.

In den Sommerferien waren die meisten ihrer Freundinnen im Urlaub. Niemand aber machte Ferien in Duisburg. Niemand, der noch ganz bei Trost war.

Gerade verließ der einzige Gast das Haus. Er lächelte Anja freundlich an, sie grinste unfreundlich zurück.

Anja fand Herrn Lasche irgendwie altmodisch. Er trug Klamotten, die Anfang der Siebziger vielleicht modern waren. Und er vermied jedes Gespräch mit ihrer Mutter, wenn es irgendwie ging. Mit ihr selbst sowieso. Andere alleinstehende, männliche Gäste der Pension verhielten sich üblicherweise ... anders.

Anja sah dem Gast hinterher.

Sie traf eine Entscheidung.

Sie würde der Sache auf den Grund gehen.

Auf Socken schlich sie aus dem Büroraum auf den Korridor.

An der Haustür vergewisserte sie sich, dass der Gast um die nächste Straßenecke bog und verschwand, also nichts vergessen hatte und nicht so bald zurückkehren würde.

Dann eilte Anja zurück zur Rezeption, schnappte sich den Generalschlüssel aus seinem nicht allzu geheimen Versteck in der Schublade mit Mutters Strickzeug und lief zum Treppenhaus.

Im ersten Stock knarrte der Boden. Egal. Es war niemand außer ihr da.

Mit klopfendem Herzen verschaffte sich Anja Zutritt zu Herrn Lasches Zimmer.

Leise schloss sie die Tür hinter sich.

Das Bett war nicht gemacht, ein gestreifter Schlafanzug lag davor auf dem Boden. Anja rümpfte die Nase.

Der Kerl war nicht nur altmodisch, sondern auch unordentlich.

Zig Zeitungen lagen auf dem Tisch. Anja sah genauer hin. Die Seiten mit den Fußball-Ergebnissen. Die meisten waren mit einem Kugelschreiber durchgestrichen. Vermutlich falsche Tipps. Auf der Fensterbank lagen nämlich mehrere Toto-Scheine. Fußballwetten. Anja griff nach dem obersten. Er war zwei Wochen alt. Andere waren zerrissen.

Anscheinend hatte Lasche nicht viel Glück mit Fußballwetten. Oder keine Ahnung oder beides.

Sonderbares Hobby.

Ebenfalls auf dem Tisch stand eine runde Plätzchendose aus Blech. Der Deckel lag nur locker drauf, und Anja schob ihn zur Seite.

Vor Schreck warf sie den Deckel zu Boden, wo er laut scheppernd aufs alte Linoleum fiel.

In der Dose befanden sich lauter zerknüllte Zehnmarkscheine.

Dieser Herr Lasche hatte wirklich seltsame Angewohnheiten.

Anja nahm einen der Scheine in die Hand. Dann einen anderen.

Manchmal musste Anja für ihre Mutter die Einnahmen zählen. Weil das fürchterlich eintönig war, hatte sie sich angewöhnt, stets die Seriennummern der Scheine zu lesen, um darin nach Schnapszahlen zu suchen.

Bei Herrn Lasches Scheinen war das langweilig.

Sie hatten alle die gleiche Nummer.

Fußballwetten mit Falschgeld? Die er dann fast alle verlor?

Der Kerl war nicht nur seltsam, er war ein Gauner.

Anja legte den Deckel der Dose zurück. Ihr kam ein Gedanke.

Hatte dieser Betrüger auch für die Übernachtungen mit Falschgeld bezahlt? Dann müsste sich welches in der Kasse befinden.

Wütend stapfte Anja zurück ins Büro. Sie riss die Schublade auf, in der die Geldkassette untergebracht war.

Zunächst prüfte sie alle Zehnmarkscheine. Aber keiner hatte die Nummer von denen in Herrn Lasches Keksdose. Keine Nummer war doppelt. Auch nicht bei den anderen Scheinen.

Anja starrte grübelnd das Geld an. Gut möglich, dass ihre Mutter einiges davon längst zur Sparkasse gebracht hatte. Vielleicht hatte der Gast aber auch mit echtem Geld bezahlt. Vielleicht war er nicht nur verrückt, sondern auch schlau. Womöglich bezahlte er nie mit zwei Zehnern gleichzeitig.

Dann gab es hier nichts zu finden.

Anjas Blick fiel auf die Münzen. Ganz automatisch hielt sie Ausschau nach besonders alten Exemplaren. Fünfzig-Pfennig-Stücke von 1950 waren selten. Fünfmarkstücke waren nie älter als 1975, zuvor hatte es andere gegeben. Anja fand Fünfer von 1978, 1980, 1989 …

Sie ließ die Münze fallen, als wäre sie glühend heiß.

Sie starrte den Fünfer an, als stamme er aus einer anderen Welt.

73. Tag-Nacht-Wechsel nach der Baumblüte,
»Ort, wo der gurgelnde Bach den Wald verlässt«.

Es war jetzt mehr als eine Woche her, dass der Baum sie um Hilfe gebeten hatte. Seitdem bearbeitete Kunodor einen Stamm nach dem anderen und versuchte ihn durch die Zeit rutschen zu lassen, doch bis jetzt hatte er es noch nicht einmal geschafft, dass er auch nur in der Luft schwebte.

Brunhard hatte Leute zu den Nachbardörfern geschickt und um Hilfe gebeten. Vor ein paar Tagen waren die ersten Schnitzer und ihre Begleiter eingetroffen. Seitdem herrschte in Kunodors Werkstatt ein Gedränge wie auf dem Marktplatz zum Erntedankfest. Unter Meinrichs Anleitung zimmerten die Lehrlinge die Schränke zusammen.

Kleiderschränke! Was für ein Unsinn! Kunodor verdrehte innerlich die Augen. Was hatte der Baum sich nur dabei gedacht? Kein Mensch wäre auf so eine Idee gekommen, aber ein Baum war eben kein Mensch. Er dachte anders. Für ihn dauerte ein Menschenleben nur ein paar Tage, weshalb er vieles aus einer anderen Perspektive sah. Doch Kunodor begriff nicht, wie Brunhard Baumversteher diesen Unsinn mitmachen konnte. Glaubte er ernsthaft, dass jemand in der Vergangenheit in den Schrank kletterte?

»Woher sollen die Krieger aus der Vergangenheit überhaupt von unseren Problemen wissen?«, hatte er gefragt und vorgeschlagen, dass sie Hinweise im Inneren der Schränke hinterließen – Einlegearbeiten aus Holz oder Schnitzereien –, aber Brunhard hatte abgelehnt. Er schien sich auch so sicher zu sein, dass der Plan des Baumes aufging. Vielleicht klammerte er sich aber auch nur deshalb an diesen Unsinn, weil er selbst nicht wusste, was er machen sollte.

Eine Gestalt, groß und dürr wie eine vertrocknete Tanne räusperte sich lautstark.

»Geht's voran?«

Es war Friedemann Astritzer, ein Schnitzer aus einem der Nachbardörfer, der sich selbst zum Sprecher der Neuankömmlinge ernannt hatte. Kunodor spürte seinen lauernden Blick und konzentrierte sich wieder auf seine Aufgabe. Er stand vor einem Stück gespaltenem Holz, das vor ihm auf zwei dreibeinigen Böcken ruhte. Ein paar Meter entfernt umklammerte Riette, die Tochter des Baumverstehers den jungen Baum, der in seinem Kübel neben ihr stand. Immer wieder übersetzte sie dessen Anweisungen, doch Kunodor wurde aus ihnen nicht schlau. Die Kleine konnte zwar mit den Bäumen sprechen, aber von der Holzverarbeitung hatte sie keine Ahnung. Vieles von dem, was sie ihm sagte, ergab keinen Sinn oder riss die Energielinien des Stammes aus seiner Ordnung. Einmal war einer der Baumstämme unter seinen Händen geplatzt und hatte in der Werkstatt eine Wolke aus Sägespänen und Holzsplittern verteilt. Noch immer hingen Reste davon in seinen Haaren und in seiner Kleidung.

»Du musst den Energien folgen und dort, wo sie miteinander tanzen, einen vierunddreißig Grad-Einschnitt vornehmen«, übersetzte Riette erneut die Worte des Baumes.

Miteinander tanzen! Diese vorlaute, kleine Göre! Kunodor hätte sie am liebsten aus seiner Werkstatt geworfen, aber abgesehen davon, dass er ihren Vater nicht verärgern wollte, wäre er ohne sie gar nicht weitergekommen. Also schluckte er seine Bemerkung runter, legte seine Hand auf den Stamm und schloss die Augen.

»Ich denke, werter Kollege, die Energielinien verlaufen weiter rechts«, sagte jemand, vorauf ein anderer

Schnitzer sofort mit: »Unsinn, Sie müssen nach links! Mehr nach links!« konterte.

Zwei der Schnitzer begannen eine Diskussion, wie sich raue Hände auf das Ertasten der Energielinien auswirkten, und jemand empfahl Kunodor, sie mit Melkfett einzureiben.

Kunodor bewegte seine Hand langsam von links nach rechts über das Holz. Obwohl der Ast schon vor langer Zeit abgebrochen war, spürte er noch immer die Energie, die in ihm wohnte. An einem Astloch verwirbelten die Ströme, kreuzten einander wie ein geflochtenes Seil, und liefen dann in verschiedene Richtungen davon. Er spürte, wie seine Finger kribbelten. Sollte das die Stelle sein, die der Baum gemeint hatte? Kunodor brach der Schweiß aus. Einem Stück Holz wärmende oder kühlende Eigenschaften zu geben war etwas anderes als das, was alle von ihm erwarteten. Vor allem, wenn man selbst nicht daran glaubte.

»Soll ich es mal versuchen?«, bot sich Friedemann Astritzer an. Kunodor gönnte ihm nicht einmal einen abweisenden Blick. Stattdessen setzte er den Stechmeißel an, holte mit dem Hammer aus und schlug zu. Nachdem beim letzten Versuch das Holz in einer spektakulären Wolke aus Sägespänen und Splittern zerplatzt war, wichen diesmal alle ein gutes Stück zurück.

Der Stechmeißel drang tief in das Holz ein. Einmal, zweimal! Und ließ zu aller Überraschung eine Wolke aus schwarzem Rauch aufsteigen.

Nun ging auch Kunodor sicherheitshalber in Deckung.

Das Holz knackte. Eine gezackte Linie raste durch den Stamm, teilte ihn in zwei Hälften und ließ ihn in verfaulte Stücke zerfallen.

Mehr geschah nicht.

Kunodor warf fluchend Hammer und Meißel auf die Werkbank.

»Immerhin wurde niemand verletzt«, sagte Riette.

Kunodor drehte sich zu seinem Lehrling herum: »Wir brauchen einen neuen Stamm!«

Meinrich hatte sich nicht darum gerissen, bei Kunodor in die Lehre gehen zu dürfen. Viel lieber würde er auf den Feldern arbeiten, doch in der Landwirtschaft gab es nicht genug zu tun für alle und so war ihm nichts anderes übrig geblieben, als eine Ausbildung zum Schnitzer anzufangen. Er hatte keinerlei Begabung oder auch nur eine Beziehung zu den Bäumen. Wenn Meinrich seine Hand über das Holz gleiten ließ, spürte er nichts. Nur einmal war es anders gewesen, aber da hatte er sich einen Splitter in die Haut gerammt.

Zwei Jahre dauerte seine Ausbildung nun schon und inzwischen durfte er sich Meinrich Holzschnitzer nennen. In dieser Zeit hatte er ein gewisses Geschick beim Bearbeiten der Hölzer entwickelt. Meinrich konnte gut mit den Werkzeugen umgehen und im Anfertigen von Holzfiguren besaß er sogar ein wenig Talent, aber jeder seiner Arbeiten fehlte die Kraft der Bäume. Er kam sich vor wie ein Blinder, der zeichnen lernen sollte, und der wusste, dass er es doch nie schaffen würde. Hätte es Hennrina Küchenhilfe nicht gegeben, wäre er längst in ein anderes Dorf gezogen, wo es noch Arbeit auf den Feldern gab. Hennrina motivierte ihn, weiterzumachen. Die letzte Nacht hatte er bei ihr verbracht. Da ihre Beziehung noch nicht öffentlich besiegelt worden war und Hennrinas Eltern nicht mitbekommen durften, dass er sie regelmäßig besuchte, hatten sie auf dem Heuboden in der Scheune geschlafen.

Irgendwann hatte Hennrina ihn ängstlich geweckt. Die Schindeln auf dem Dach klapperten, wie Zähne in einer Winternacht, doch nicht dieses Geräusch hatte ihr Angst gemacht. Ganz leise hörten sie noch etwas anderes: ein Bersten, Krachen und Rumoren.

Nackt wie sie waren, kletterten sie die Leiter hinauf auf das Dach. Der Mond versteckte sich und es war so dunkel, dass die Nacht sie wie Teer empfing. Sie spürten den Wind, der aus Richtung der gigantischen Maschinen kam, und sie hörten die Geräusche, die er mitbrachte. Dann spürten sie, wie ein gigantisches Objekt lautlos über sie hinwegzog und sie kletterten eilig zurück in die Scheune. Den Rest der Nacht verbrachten sie eng umschlungen in einer Ecke des Heubodens. Obwohl niemand von ihnen auch nur ein Wort sagte, wusste jeder, was im Kopf des Anderen vor sich ging: Die Außerirdischen kamen näher!

Nun stand Meinrich wieder in der Werkstatt von Kunodor Meisterschnitzer und versuchte, nicht einzuschlafen. Ständig gähnte er, die Augen fielen ihm zu und er hoffte, dass niemand etwas davon mitbekam. Neben ihm hämmerten die Lehrlinge der anderen Schnitzer an ihren Schränken.

»Wir brauchen einen neuen Stamm!«, hörte er plötzlich die Stimme seines Meisters und zuckte schuldbewusst zusammen.

Meinrich steckte sein Werkzeug in die Fächer seines Gürtels und lief zu einem Holzstapel hinüber, der in der hinteren Ecke der Werkstatt bis unter die Decke reichte. Hier zog er einen armlangen, gewundenen Ast heraus. Mit ihm eilte er hinüber zu seinem Meister.

»Beeilung!«

Das Holz glitt Meinrich aus der Hand, als er auf dem mit Sägespäne bedeckten Boden ausrutschte und ins Straucheln geriet. Er suchte nach Halt und griff nach dem Baum im Kübel. Kaum hatte Meinrich den Stamm gepackt, hörte er eine Stimme in seinem Kopf, so laut und deutlich, als spräche er zu sich selbst. Erschrocken ließ er los und schlug der Länge nach hin.

Ein paar Lehrlinge kicherten.

Kunodors Gesicht verfärbte sich rot. »Junge, komm endlich auf die Beine!«

Meinrich blieb verwirrt liegen. Was war gerade geschehen? Er dachte an die Stimme, die sich in seinen Kopf geschlichen hatte. Woher war sie gekommen? Hatte er sie wirklich gehört oder sich nur eingebildet? War er so übermüdet?

Die hämischen Blicke der Schnitzer und dessen Lehrlinge trieben ihn auf die Beine. Doch anstatt nach dem fallengelassenen Holz zu greifen, legte er erneut seine Finger um den Stamm des Baumes. Und wieder hörte er die Stimme.

Plötzlich wusste Meinrich, was zu tun war. Er griff nach dem Ast, den er fallengelassen hatte, und legte ihn auf die Holzböcke. Dann nahm er sein Werkzeug aus dem Gürtel. Ohne auf die anderen zu achten, begann er damit, die Energielinien des Holzes freizulegen. Nach jedem Schlag setzte er den Stechmeißel neu an. Holzspäne flogen wie ein Schwarm Mücken durch die Luft und lösten sich in kleine Lichtblitze auf. Sofort verstummten die spöttischen Stimmen um ihn herum.

Nach ein paar Minuten beendete Meinrich erschöpft seine Arbeit.

»Wie hast du das geschafft?«, fragte Kunodor verblüfft. Er trat näher an das Holz heran, als könnte er sich nur so vergewissern, dass er nicht träumte. Auch Friedemann Astritzer und die anderen wagten sich jetzt wieder heran.

»Der Baum hat mir gesagt, wie ich den Stamm bearbeiten muss«, erklärte Meinrich.

Sein Meister sah ihn fassungslos an. Er schien noch mehr sagen zu wollen, da erhob sich der Ast plötzlich in die Luft. Blaue Lichtblitze liefen an seiner Maserung entlang. Dann, nach einem kurzen Moment, fiel er zu Boden und war verschwunden.

Meinrich klopfte sich die Sägespäne von der Kleidung. »Ich habe zwar kein Talent als Schnitzer, aber Bäume verstehen, das kann ich!«, sagte er.

Als Lucia und Sir Francis Edmonton in der Droschke quer durch London rappelten, regnete es gerade.

Edmonton trug einen schwarzen Anzug und einen Gehstock mit einem silbernen Knauf, der die Form eines Wals hatte. Er sah Lucia aus wachen Augen an. »Miss, Sie wirken etwas abwesend, wenn ich mir die Bemerkung erlauben darf.«

»Ja … mir fiel nur gerade auf, wie seltsam das alles ist. Zuerst laufen mir ein paar durchgedrehte Science-Fiction-Fans über den Weg und als nächstes quasi deren Urvater. Ich hoffe nur, er ist nicht ganz so sonderbar.«

»Im Gegenteil, Miss. Er ist eine höchst faszinierende Persönlichkeit. Aber das sind Sie ja auch.«

Lucia hörte auf, aus dem Fenster der Droschke zu starren. Sie kam sich vor wie bei den Dreharbeiten zu einer historischen TV-Serie, bloß konnte sie nirgendwo Kameramann und Regisseur finden. »Sie müssen mir nicht glauben, dass ich aus der Zukunft komme. Ich kann es ja selbst nicht fassen. Aber diese Kopfschmerzen sind bestimmt kein Traum.«

»Sie hätten vielleicht nicht ganz so viel von meinem Whiskey trinken sollen«, meinte Edmonton. Das Bedauern in seiner Stimme mochte sich auf Lucias Kopfschmerzen oder auf die teuren und jetzt leeren Flaschen beziehen. Irgendwann hatte Lucia damit aufgehört, nach Beweisen dafür zu suchen, dass sie aus der Zukunft kam und war auf dem Löwenfell vor dem Kaminfeuer eingeschlafen.

Lucia grübelte bereits wieder seit dem Aufwachen, soweit das Hämmern des Katers hinter ihren Schläfen das zuließ. Egal, was sie über die Zukunft wusste: Die gab es Stand jetzt ja noch gar nicht, folglich konnte es wahr werden oder auch nicht. Was immer sie behauptete, war nicht beweisbar. Dass Napoleon III den deutsch-französischen Krieg beginnen und krachend verlieren würde? Dass schon im nächsten Januar König Wilhelm von Preußen Kaiser des Deutschen Reichs werden würde?

Zwar hatte Edmonton sie nicht ausgelacht, schließlich war er ein Gentleman. Aber er hatte wiederholt darauf hingewiesen, dass London die größte Stadt der Welt war und es gewiss bleiben würde, und dass Dampfmaschinen zwar ein bisschen die Luftqualität beeinträchtigten, doch letztlich niemals das Klima des ganzen Planeten würden beeinflussen können, und überhaupt: hätte man denn auf die ganze Industrialisierung, die Moderne und den Wohlstand verzichten und lieber im Mittelalter bleiben sollen?

Lucia seufzte. »Wenn ich doch bloß in Geschichte besser aufgepasst hätte. Vielleicht gäbe es etwas, das in Kürze in diesem Jahr entdeckt wird. Und zwar in jeder Zeitlinie.«

»Was Sie immer mit Ihren Zeitlinien haben«, sagte Edmonton und lächelte unverbindlich. »Gestern, heute, morgen – alles liegt auf einer einzigen Linie, das ist doch ganz offensichtlich.«

Lucia schüttelte unmerklich den Kopf. Sie hatte ja bereits mit dem Staubsaugerbot herausgefunden, dass jede Zeitreise in eine andere Version der Geschichte führte. Zumindest konnte man sich nicht darauf verlassen, dass alles so geschehen würde, wie ihr Geschichtslehrer es ihr beizubringen versucht hatte.

»Ja«, sagte Lucia, »von mir aus. Eine Linie von unten nach oben. Ein Schacht. Und der Schrank ist sozusagen der Aufzug. Dem es aber anscheinend an der nötigen Kraft fehlt, um nach oben zu fahren.«

»Eine bemerkenswerte Theorie«, gab Edmonton zu. »Ich habe zwar mehrmals ein Rumoren gehört, aber nie einen Liftboy gesehen. Deswegen hatte ich ja die Foto-Falle aufgestellt.«

Lucia runzelte die Stirn. »Der Schrank sieht genauso aus wie meiner. Vielleicht etwas weniger Kratzer. Es würde mich nicht wundern, wenn es derselbe wäre. Woher stammt Ihr Kleiderschrank? Vielleicht von einer magischen Möbelbörse?«

»Ha, ha«, machte Edmonton. »Ich gestehe, dass ich darüber nichts weiß. Ich habe das Haus samt Inventar von meinen verblichenen Eltern geerbt und es erst kürzlich bezogen. Zuvor lebte ich in einem Ort bei Brighton, der zwar die nahe Küste als Vorteil vorzuweisen hat, mich aber ansonsten fürchterlich langweilte.«

»Zufälligerweise habe auch ich meinen Schrank von meinem Vater geerbt«, entgegnete Lucia. »Dann tauchte ein Staubsauger aus der Zukunft darin auf. Schade, dass ich ihn nicht mitbringen konnte, ihm hätten Sie bestimmt geglaubt, dass wir aus dem 21. Jahrhundert stammen. Er konnte sprechen.«

Edmonton lächelte freundlich, aber verständnislos. Aber wie sollte der Mann auch eine Vorstellung von einem sprechenden Saugbot mit eingebauter psychologischer Beratung haben, wenn sowohl Staubsauger als Psychoanalyse für ihn noch Zukunftsmusik waren.

»Beizeiten werden wir den Schrank näher untersuchen«, erklärte Edmonton. »Ich bin sicher, dass wir in Kürze den richtigen Mann dafür treffen werden.«

Die Droschke hielt.

Lucia ließ sich von Edmonton beim Aussteigen helfen. Etwas unwohl fühlte sie sich schon in den engen Klamotten, die ihr Edmontons Haushälterin geliehen hatte. Das einfache Kleid ließ sie nicht gerade wie eine Lady wirken, allerdings bot sich spontan kein Vergleich an: Vor dem Traveller's Club in der ehrwürdigen Pall Mall standen ausschließlich Männer, rauchten und unterhielten sich.

»Übrigens«, sagte Edmonton. »Frauen haben heutzutage keinen Zutritt zu diesem Club. Aber Sie kommen ja aus der Zukunft, in der womöglich auch dies anders ist.«

»Ich hoffe, die Herren lassen das gelten«, gab Lucia genervt zurück.

Unter den empörten Blicken der vor dem Eingang herumstehenden Herren führte Edmonton Lucia direkt durchs Foyer in den Club. Er wehrte alle Versuche, sie aufzuhalten, mit Stock und »Entschuldigen Sie uns« ab.

Schließlich hielt er mit einem »Ah!« an, nahm den Hut ab und klopfte mit dem Stock gegen einen gewaltigen Ohrensessel, in dem ein bärtiger, etwa vierzig Jahre alter Herr über einer Ausgabe der Times eingenickt war.

»Monsieur!«, rief Edmonton. »Genug geschlafen! Es gibt etwas Großartiges zu entdecken!«

Um die Gruppe hatte sich ein Kreis aus mehr oder weniger wütend dreinblickenden Herren gebildet, die sich bemühten, nicht die Fassung zu verlieren.

Lucia klammerte sich an Edmontons Arm, überlegte es sich dann aber anders und straffte ihren Körper. Sie sah den Mann im Sessel an. Den Mann, der durch seine Romane »Reise zum Mittelpunkt der Erde« und »20.000 Meilen unter dem Meer« berühmt geworden war. Der mit »Reise um die Erde in 80 Tagen« die Grundlage für gleich mehrere sich gegenseitig an Albernheit übertreffende Verfilmungen legen würde. Lucia nahm sich vor, ihm darüber besser nichts zu erzählen.

Während sich das schläfrige Ehrenmitglied des Traveller's Club aus seinem Sessel erhob, zeigte Edmonton auf Lucia. »Monsieur, darf ich vorstellen: Miss Lucia Ladorno aus Hamburg. Gentlemen, diese Lady kommt aus dem 21. Jahrhundert. Aus der Zukunft.«

Stille trat ein.

Lucia wartete. Jede Sekunde würde irgendjemand anfangen, laut zu lachen.

Stattdessen wurde ihr eine Hand entgegengestreckt. »Bonjour Mademoiselle«, sagte der Mann und deutete eine Verbeugung an. Mit starkem französischen Akzept fuhr er fort: »Freut mich außerordentlich, Ihre Bekanntschaft zu machen. Mein Name ist Verne. Jules Verne.«

89. Tag-Nacht-Wechsel nach der Baumblüte, »Ort, wo der gurgelnde Bach den Wald verlässt«.

Brunhard Baumversteher fuhr auf der Hauptstraße zurück ins Dorf. Zuvor hatte er die Arbeiten am Waldrand kontrolliert. Dort hoben seine Männer einen breiten Graben aus, von dem sie hofften, dass er die Maschinen der Außerirdischen aufhalten würde.

Brunhard hatte die Straße fast für sich alleine. Kaum jemand wagte sich jetzt, wo die Abholzungsmaschinen der Außerirdischen immer näherkamen, noch hinaus. Einige Familien nagelten die Fenster ihrer Häuser zu, als ob sie das vor den Maschinen retten würde. Jeder im Dorf hatte Angst und sie würde schlimmer werden, je näher die Außerirdischen kamen. Schon jetzt waren ihre Geräusche allgegenwärtig.

Eine Kutsche, vollgepackt mit Kisten, Koffern und Möbelstücken hielt vor einem der Häuser. Eine Frau hob zwei kleine Kinder auf den Vordersitz. Dann stieg sie selbst auf und setzte sich neben ihren Mann.

Brunhard kannte sie seit Jahren. Sie und ihr Mann besaßen eine kleine Wäscherei und hatten oft seine offizielle Kleidung von hartnäckigen Flecken befreit.

Er hielt sein Fahrzeug an. »Wo wollt ihr hin, Adelina Waschfrau?«, fragte er.

Sie errötete. Offenkundig war es ihr peinlich, dass er sie getroffen hatte.

»In die Berge«, antwortete ihr Mann mit schroffer Stimme. »Dort gibt es keine Wälder und wir hoffen, dass die Außerirdischen uns dann in Ruhe lassen.«

»Wir würden ja bleiben und im Kampf helfen«, ergänzte Adelina schuldbewusst, »aber wir müssen an die Kinder denken.«

»Außerdem sind wir keine Krieger«, sagte ihr Mann fast zornig.

Brunhard nickte. Er wusste, dass er sie nicht zum Bleiben überreden konnte. Adelina und ihr Mann waren so stur, dass eher ein Stein das Laufen lernte, als das sie nachgaben. »Ist schon gut«, sagte er deshalb, »aber ihr solltet den Weg nach Westen nehmen. Dort wurden die wenigsten Maschinen gesichtet.«

Adelina und ihr Mann bedankten sich und fuhren davon.

Brunhard sah ihnen nach. Er konnte ihnen ihre Entscheidung nicht verübeln. Auch in ihm wuchs die Sorge, ob sie das Richtige taten. In den letzten Tagen waren die Zweifel immer größer geworden. Wäre es nicht klüger, wenn auch sie oben in den Bergen Schutz suchten? Er wusste, dass viele im Dorf dieser Meinung waren, auch wenn sie es nicht laut sagten. Kaum jemand gab dem Plan des Baumes eine Chance. Hinzu kam die Sorge, dass er ihn falsch verstanden haben konnte. Brunhard hatte den unbekannten Begriff mit Krieger übersetzt, doch je länger er drüber nachdachte, umso unsicherer wurde er. Die Sprache der Bäume war längst nicht so eindeutig, wie er immer tat, aber irgendetwas mussten sie ja unternehmen. Gar nichts zu tun und darauf zu vertrauen, dass sich das Problem von selbst löste, wäre, wie vor einem Getreidefeld zu stehen und zu hoffen, dass dort plötzlich Kartoffeln wuchsen. Und so hatte er sich entschlossen, die Schränke auf den Weg zu schicken.

Zumindest hatten es Kunodor Meisterschnitzer und sein Lehrling Meinrich geschafft, ein Stück Holz durch die Zeit rutschen zu lassen. Obwohl es bis jetzt nicht zurückgekehrt war, ließ Brunhard seitdem so viele Schränke wie möglich anfertigen und in die Vergangenheit schicken. Inzwischen wurde in der Werkstatt rund um die Uhr gezimmert. Erst am Morgen hatte er ihr einen Besuch abgestattet und sich das Gejammere der Lehrlinge anhören müssen. Sie hatten gemeint, dass sie die Nacht zum Schlafen bräuchten. Er sah das anders. Wenn man schon den ganzen Tag gearbeitet hat, käme es auf die paar Nachtstunden auch nicht mehr an.

Er löste die Schleifbremsen seiner Kutsche und fuhr weiter.

»Brunhard Baumversteher, warten Sie!«, hörte er hinter sich eine Stimme. Er blickte sich um und sah Kunodors Lehrling Meinrich, der winkend die Hauptstraße heraufkam.

Brunhard wendete seine Kutsche und fuhr ihm entgegen.

»Sie müssen sofort in die Werkstatt kommen!«, rief Meinrich. »Ein Schrank ist zurückgekehrt und ... er war nicht leer!«

Als Brunhard und Meinrich in der Werkstatt ankamen, stand dort einer der Schränke, die sie erst gestern in die Vergangenheit geschickt hatten. Kunodor Meisterschnitzer, Friedemann Astritzer und ein paar der anderen Schnitzer stemmten sich von außen gegen seine Tür, während jemand im Inneren versuchte, sie aufzustoßen. Zwischen keuchenden Atemzügen erklangen wütende Schläge gegen das Holz und eine Stimme schimpfte etwas in einer unverständlichen Sprache.

Kunodor atmete auf, als er sie hereinkommen sah. »Endlich! Lange können wir die Tür nicht mehr blockieren.«

»Was tut ihr da?«

»Der Schrank hat jemanden mitgebracht«, antwortete einer der anderen Schnitzer überflüssigerweise.

»Das sehe ich, aber wieso haltet ihr die Tür zu?«

Kunodor sah ihn bestürzt an. »Na, weil in dem Schrank vielleicht ein Krieger mit tödlichen Waffen stecken könnte.«

»Aber das wollen wir doch.«

»Und wenn er uns angreift?«

Wieder drückte die Gestalt im Inneren des Schrankes die Tür einen Spalt breit auf. Kunodor und die anderen warfen sich mit einem Ruck dagegen und schlossen sie wieder.

»Wir haben keine andere Wahl, als das Risiko einzugehen. Oder wollt ihr ihn samt Schrank zu den Außerirdischen bringen?«

Kunodor schien einen Moment lang über diese Möglichkeit nachzudenken. Dann sah er ein, dass sie das schwere Möbelstück niemals bis zu den Außerirdischen transportieren konnten und gab nach. »Meinetwegen, wir lassen bei drei los!«

Er zählte hoch und jeder rannte in eine andere Richtung davon.

Als sich diesmal jemand im Inneren gegen die Tür warf, sprang sie mit einem Knall auf. Von seinem eigenen Schwung hinauskatapultiert, flog ein Mann mit kurzen, schwarzen Haaren vor ihre Füße und wirbelte eine Wolke aus Sägespänen auf.

Brunhard hatte sich zuvor keine Gedanken darüber gemacht, wie die Krieger aus der Vergangenheit aussehen mochten, doch wäre es anders gewesen, hätte er sich keine magere Gestalt, im orangefarbenen T-Shirt, weißen, abgelaufenen Schuhen und kurzen, roten Hosen vorgestellt. Andererseits wusste heutzutage niemand mehr, wie die Krieger der Vergangenheit ausgeschaut hatten.

»Bleibt von ihm weg«, befahl er deshalb und alle wichen etliche Meter bis an die Wand zurück. Ein paar Lehrlinge duckten sich hinter dem Stapel aus Holz.

Der Krieger hob den Kopf und sah sie an. Er stellte eine Frage, die keiner verstand. Als niemand in der Werkstatt Anstalten machte, sich ihm zu nähern, stand er langsam auf, ohne sie aus den Augen zu lassen. Wieder sagte er etwas.

»Was tut er?«, flüsterte jemand.

»Ruhig! Provoziert ihn nicht!«

»Seht ihr eine Waffe?«

»Nein, aber vielleicht braucht er keine.«

Brunhard wusste, dass es seine Aufgabe war, mit ihm zu reden, und so machte er ein paar beherzte Schritte auf den Mann zu. Sofort richtete dieser seinen Blick auf ihn.

Brunhard spürte sein Herz vor Aufregung heftig schlagen. Er hatte sich in den letzten Tagen um den Bau der Schränke, der Verteidigungsgräben und um die Koordination der Schnitzer gekümmert und alles andere vergessen. Wie begrüßte man einen Krieger aus der Vergangenheit? Sämtliches Wissen über sie war längst verlorengegangen, selbst ihre Sprache. Heutzutage gab es keinen Grund zu kämpfen, also brauchte man darüber auch nichts zu wissen.

Er baute sich vor dem Krieger auf und hob die Hand: »Willkommen in unserer Zeit, Krieger. Mein Name ist Brunhard Baumversteher.«

Der Mann aus dem Schrank reagierte anders, als Brunhard erwartet hatte. Er überschüttete ihn mit einer Lawine aus unverständlichen Worten. Sein Gesicht verfärbte sich rot, während er wild mit den Händen gestikulierte.

Brunhard versuchte ein beruhigendes Lächeln, das zu einem Grinsen verunglückte.

Sein Gegenüber erstarrte. Dann holte er aus und schlug Brunhard mit der flachen Hand ins Gesicht.

Brunhard war so überrascht, dass er sekundenlang kein Wort herausbrachte. Endlich drehte er sich zu den anderen herum und schrie begeistert: »Er ... er hat mich geschlagen!«

Einen Moment lang sagte niemand etwas. Dann brach Jubel aus. Der Plan des Baumes war aufgegangen, der Schrank war mit einem Krieger zurückgekehrt!

Der Krieger schien mit so einer Reaktion nicht gerechnet zu haben. Er drehte sich zur Überraschung aller plötzlich um und rannte zurück zum Schrank.

»Er will verschwinden! Haltet ihn auf!«, schrie Brunhard. Auch er rannte los. Als der Krieger zurück in den Schrank sprang, folgte er ihm.

Beide stürzten übereinander. Brunhard spürte einen Ellenbogen in seinem Gesicht, ein Knie traf ihn schmerzhaft zwischen die Beine.

Die Schranktür fiel hinter ihnen zu und er hatte das Gefühl, in die Tiefe zu stürzen.

»Zeitreisen sind völlig unmöglich«, erklärte gerade ein grauhaariger Sir, dessen Hosenbund unmittelbar unterhalb seiner Brustwarzen endete. »Sonst würden doch überall und dauernd Zeitreisende herumlaufen.«

»Ja, äh, ich, hier!« Lucia hob vorsichtig die Hand, der Mann warf ihr aber nur einen verächtlichen Blick zu.

»Mister Righthaven«, erklärte Sir Edmonton, »offenbar sind Fahrzeuge, mit denen durch die Zeit gereist werden kann, nicht so weit verbreitet wie etwa Eisenbahnen.«

»Aber viel gefährlicher!« Der Grauhaarige hob den Zeigefinger. »Man stelle sich vor, jemand würde ins Paradies reisen und Eva entführen …«

»Oder sie dazu überreden, einen Apfel zu pflücken«, warf Lucia bissig ein.

»Miss, Sie sind vorlaut, jung und unerlaubt anwesend, drei Eigenschaften, die für einen Gentleman schwer zu ertragen sind.«

»Monsieurs«, rief Jules Verne und hob die Hände. »Zum Glück gibt es hier eine Person, die Vernunft, Abenteuerlust und das nötige Kleingeld besitzt: *Moi.*«

»Was soll das denn jetzt wieder heißen?«, brummte der Grauhaarige, der sich immer noch nicht vorgestellt hatte. Lucia fand das ausgesprochen unfreundlich. Was glaubte der Kerl, wer er war? Diese Sorte älterer Herren, die meinten, allein aufgrund ihres Lebensalters müsse sie jeder kennen und ihre Meinung sei die einzig richtige, gingen ihr furchtbar auf den Zeiger. Zu allem Überfluss gab es in diesem Zeitalter eine Unmenge solcher Personen. Nur Edmonton und Jules Verne schienen ihrer Zeit voraus zu sein. Nachdem Edmonton sie dem berühmten Schriftsteller vorgestellt hatte, hatte dieser sich in aller

Ruhe ihre Geschichte angehört – und ihr sofort geglaubt. Nicht nur das: Er hatte sich fest vorgenommen, den Schrank näher zu untersuchen und ihm seine Geheimnisse zu entlocken.

»Ich rede von einer Wette«, erklärte Jules Verne, der nun endgültig die volle Aufmerksamkeit aller Anwesenden im Traveller's Club auf sich vereinte.

»Eine Wette?« Mehr Verachtung ließ sich nicht in den Klang dieser zwei Worte des Grauhaarigen packen. »Wir sind ganz Ohr, Mister Vörn.« Lucia vermutete, dass der Engländer den französischen Namen absichtlich verkehrt aussprach.

»Ich wette um 500 Pfund Sterling«, sagte Jules Verne, »dass ich eine Reise durch achtzigtausend Jahre Weltgeschichte durchführen werde und schon morgen wieder hier zum Lunch erscheinen werde. Und dabei werde ich den Wilden in der Vergangenheit eine bessere Zukunft bringen und alles niederschreiben zu einem neuen Buch.«

»O je«, entfuhr es Lucia, die sich spontan die Hand vor die Stirn schlug. »O je.«

Bevor sie intervenieren konnte, war die Wette unter Raunen und Applaus besiegelt. Kurz darauf saß Lucia mit Edmonton und Verne in einer Droschke, und sie flüsterte immer noch unentwegt: »O je … o je …«

Sie hörte erst damit auf, als sie hinter den fröhlich quasselnden Herren Edmontons Haus betrat, wo Butler Jones sich umgehend bemühte, für die unerwartete Zusammenkunft besonders heißen Tee zuzubereiten.

»Darf ich vorstellen?«, sagte Edmonton beim Betreten der Waschküche. »Der Aufzug durch die Zeit.«

»Faszinierend«, sagte Verne und fing an, den Schrank zu streicheln. »Eine perfekte Tarnung.«

Auf den Gedanken war Lucia noch nicht gekommen. Sie hatte den Zeitschrank für ein absonderliches Gebilde gehalten, das dem wirren Geist eines längst noch nicht geborenen Erfinders entsprungen war. »Ein getarntes Fahrzeug ist nur für den Reisenden als solches erkennbar …«, dachte sie laut nach. Das musste etwas bedeuten, aber sie kam nicht drauf.

»Oder für eine Foto-Falle«, ergänzte Edmonton nicht ohne Stolz in der Stimme.

Verne öffnete den Schrank andächtig und spähte hinein. »Absonderlich, wirklich bemerkenswert«, murmelte er. Dann zog er ein Notizbuch hervor und fing an, darin herumzukritzeln. »Eine Tarnung erfüllt stets den Zweck, etwas zu verstecken, das nicht in fremde Hände fallen soll«, fuhr er laut fort. »Ob die Absicht dahinter eine gute oder böse ist, bleibt unklar. Keinesfalls darf das Gefährt als Geschenk des Himmels missverstanden werden.«

»Tarnung hin oder her, ich habe das Ding versehentlich aktiviert«, gab Lucia zu bedenken. »Und der Saugbot ebenfalls.«

»Saugbot?«, fragte Verne.

»Fragen Sie nicht. Warum tarnt jemand ein potenziell gefährliches Gerät, versäumt es aber, die Aktivierung mit einem Schlüssel zu sichern?«

»Als Autor fallen mir dazu Unmengen Antworten ein«, sagte Verne. »Der Schlüssel könnte verloren gegangen sein, so dass der Mechanismus nicht mehr blockiert werden kann. Schlüssel sind nach Schatzkarten die Dinge, die in Büchern am häufigsten verloren gehen, wussten Sie das?«

»Stellen Sie sich nur die Möglichkeiten vor!«, rief Edmonton, der am anderen Ende des Raumes stand und zwei leere Koffer zur Tür trug. »Wir bringen den Römern die Dampfmaschine und dem Mittelalter Ihre Romane, damit die armen Teufel nicht immer nur die Bibel lesen müssen.«

»Na großartig«, sagte Lucia.

»Wir bringen Rattengift gegen die Pest und Wissenschaft ins dunkle Jahrhundert. Wie viele Kriege, wie viel Tod und Leid können wir verhindern!«

»Und welche großartige Geschichten über Caesar, Jesus und Alexander lassen sich vor Ort erfahren und erzählen«, ergänzte Verne.

»Kapiert es doch endlich! Man kann den Lauf der Zeit nicht ändern. Es gibt keine Zeitparadoxa!«, beharrte Lucia.

»Wie bemitleidenswert wäre ein solch starrsinniger Bauplan des Kosmos!«, bemerkte Edmonton und wirkte dabei so traurig, als sei gerade seine Tante gestorben.

»Mein Papa würde sagen: Das Schicksal ist ein konstantes Ärgernis«, erklärte Lucia.

Verne räusperte sich. »Das Gegenteil zu beweisen, *das* ist unser Schicksal.«

Lucia stampfte mit dem Fuß auf, dann zeigte sie zur Decke. »Dann eben: Gott lässt sich nicht ins Handwerk pfuschen! Ihr könnt euch nicht über ihn stellen, und das tut ihr, wenn ihr sein Werk korrigieren wollt!« Leise ergänzte sie: »Hätte auch nicht gedacht, dass ich sowas mal sage.«

»Wir werden es versuchen oder dabei mit vor Stolz geschwellter Brust scheitern«, verkündete Verne. »Wie alle großen Forscher der Geschichte. Und ich werde alles niederschreiben, um den Beweis zu erbringen, dass Vernunft und Wissenschaft das vermeintliche Schicksal zu übertreffen vermögen.«

»Damit ist es entschieden«, sagte Edmonton und öffnete die quietschende Schranktür. Jemand sollte sie dringend mal ölen.

Aber jetzt gab es Wichtigeres.

»Na gut. Ich *muss* wohl mitkommen«, seufzte Lucia. »Um das Schlimmste zu verhindern … Furchtbar, Männer und ihr verdammtes Testosteron!«

89. Tag-Nacht-Wechsel nach der Baumblüte,
»Ort, wo der gurgelnde Bach den Wald verlässt«.

Ottmar hatte für einen Moment die Kontrolle über sich verloren und einen Mann geschlagen. Das war ihm noch nie passiert. Er verabscheute Gewalt, aber die Geschehnisse der letzten Tage hatten ihn völlig aus der Bahn geworfen. Zuerst die Erkenntnis, dass seine Verlobte einer Horrorfamilie angehörte, dann die Flucht vor selbiger und zu guter Letzt seine Reise in einem Kleiderschrank durch die Zeit. Wie war so etwas möglich? Das gab es doch nur in schlechten Büchern und Filmen. Und doch war es ihm passiert. Zuerst hatte er an seinem Verstand gezweifelt und geglaubt, die Schreinerei und die finster dreinblickenden Gestalten mit den langen Bärten wären nur eine Einbildung, aber als eine von ihnen näher kam und in einer seltsamen Sprache eindringlich auf ihn einredete, hatte er durchgedreht und reflexartig zugeschlagen. Ottmar wusste nicht, was in ihn gefahren war. Unter normalen Umständen hätte er sich niemals dazu hinreißen lassen, aber derzeit war sein Leben meilenweit von normalen Umständen entfernt. Verletzt hatte er den Schreiner freilich nicht. Im Gegenteil! Er und die anderen schienen sich über seinen Angriff zu freuen, was Ottmar gänzlich aus der Fassung gebracht hatte. Bevor die Situation komplett eskalieren konnte, war er zurück in den Schrank geflohen. Erst als er hineinkletterte, merkte er, dass Brunhard ihm gefolgt war. Hinter ihnen schlug die Schranktür zu und Ottmar glaubte, erneut zu fallen.

Er wurde herumgewirbelt, wie Zement in einer Mischmaschine. Immer wieder stießen er und der Schreiner zusammen. Dann krachten ihre Köpfen gegeneinander und er verlor die Besinnung.

Als Ottmar wieder zu sich kam, hatte der Schrank seine Reise beendet. Seine Türen standen offen. Orangefarbenes Licht fiel herein. Er sah Brunhard, der den Schrank verlassen hatte und sich draußen umschaute.

Ottmar kroch hinaus und trat in ein ausgetrocknetes Flussbett. Heiße, trockene Luft schlug ihm entgegen, als prügelte jemand auf ihn ein. Wie Schleifpapier strich feiner Sand über seine Haut, ließ seine Augen tränen. Es war so heiß, dass Ottmar glaubte, verbrennen zu müssen.

Er hob den Kopf. Über ihm am Himmel stand eine gleißende, orange-rote Sonne, verdeckt von Wolken aus umherwirbelndem Staub. Der ausgetrocknete Boden, den Ottmar zuerst für ein Flussbett gehalten hatte, erstreckte sich so weit sein Blick reichte. Nirgends gab es Anzeichen von Vegetation oder Leben. Diese Welt war tot!

Brunhard bemerkte ihn und in seinem Gesicht erkannte Ottmar nackte Angst. Er deutete auf die Landschaft vor sich. Dann hoch zum Himmel, als wäre etwas dort oben für den Zustand dieser Welt verantwortlich. Ottmar verstand nicht, was er meinte, aber er begriff, dass sie keine Gegner waren.

Hitze, Trockenheit und Staub trieben sie zurück in den Schrank. Das Innere hatte sich inzwischen so weit aufgeheizt, dass sie auch dort kaum Linderung fanden.

Der Schreiner sah Ottmar an. Als dieser nickte, schloss er die Tür.

Doch nichts geschah. Dieses Mal rutschte der Schrank nicht durch die Zeit.

Er rührte sich nicht von der Stelle!

Stefan Lasche hatte prächtige Laune. Nicht nur war der Tag sonnig und die Currywurst an der Ecke billig und lecker gewesen – nein, es war ihm außerdem gelungen, auf einem Schrottplatz einen kaputten Radiorekorder für umme zu bekommen.

Er hatte das Gerät eigentlich klauen wollen, um nicht mit dem Giftzwerg-ähnlichen Verwalter feilschen zu müssen – langsam wurde sein echtes Bargeld wirklich knapp. Zum Glück hatte er den Mann so lange mit erfundenen Geschichten über weniger bekannte Popstars genervt, bis er ihm das kaputte Gerät geschenkt hatte.

Lasche fand seinen Plan großartig. Er hatte sich immer vorgestellt, in seinem nächsten Leben ein Popstar zu werden. Jetzt bot sich ihm die Chance. Erstens auf ein neues Leben, zweitens, nun ja, einzigartige Musik zu produzieren und damit berühmt zu werden.

Mit einem kaputten Radiorekorder.

Lasche fand sich total genial.

In der Pension grüßte er fröhlich die Tochter der Vermieterin, die wie so oft nachmittags ihre Mutter vertrat, an der Rezeption Hausaufgaben machte oder Kaugummi kauend mit den Füßen auf dem Tresen BFBS hörte, den Radiosender der englischen Truppen in Deutschland, der nach Meinung der meisten Teenager in diesem Zeitalter die mit Abstand coolste Musik brachte.

Heute hörte Anja keine Musik, sondern warf Lasche bloß ein offensichtlich geheucheltes »Hallöchen«-Lächeln hinterher.

Das war ungewöhnlich, aber für Lasche kein Grund zur Besorgnis.

In seinem Zimmer machte er sich daran, den Radiorekorder zu zerlegen. Das Getriebe des Cassettenabspielers war verrostet und nicht mehr zu reparieren, aber Lasche hatte sowieso nur vor, es herauszuschrauben, um im Inneren genug Platz zu gewinnen.

Und zwar, um sein Tablet einzubauen.

Auf dem waren mehrere Synthesizer-Apps installiert, die, entsprechend vorprogrammiert, Sounds hervorbringen konnten, die in den Achtzigern noch nie gehört worden waren. Schlicht, weil die elektronische Musik noch im Tangerine Dream-Modus war, weder Techno noch Triphop waren erfunden.

Mit Lötkolben, Drähten und Fingerspitzengefühl verband Lasche die Lautsprecher des Radiorekorders mit einem Stecker, der in die Headset-Buchse des Tablets passte. Die 5-Volt-Stromversorgung des Trafos im Rekorder funktionierte zum Glück noch, so dass das Tablet nicht auf seinen Akku angewiesen war. Zum Schluss – und das war das komplizierteste – baute Lasche Stellvorrichtungen innen an die Tonregler des Rekorders, mit denen er den Touchscreen des Tablets bedienen konnte. Sehen konnte er den Screen nur, wenn er die Klappe des Kassettenteils öffnete. Aber das genügte, um vorprogrammierte Sequenzen abzuspielen.

Fertig war der magische Radiorekorder, der geradezu futuristische Sphärenklänge erzeugen konnte.

Lasche probierte das sogleich aus. Er programmierte dem Sequenzer eine Basslinie mit synchronem Echo und viel Hall ein, das wie ein dramatisches Ba-da-dam klang. Mit dem Lead Synth improvisierte er in der A-Moll-Tonleiter eine langsame Melodie, deren Sound sich durch Drehs an den Reglern immer leicht veränderte.

Lasche fühlte sich im siebten Musiker-Himmel und hätte um ein Haar das Klopfen an der Tür überhört.

Er stoppte den Synth und öffnete.

Anja stand da, die Tochter der Vermieterin. Wie immer auf Socken und Kaugummi kauend.

»W… war ich etwa zu laut?«, fragte Lasche.

Anja versuchte, an Lasche vorbei zu ins Zimmer zu spähen. »Nee. Was war das für ein Song?«

»Nun … ein elektronisches Stück. Von … *Summer And Me*. Hat es dir gefallen?«

»Nie von der Band gehört.«

»Ist auch sehr unbekannt hierzulande. Die sind aus, äh, Irland, glaube ich.«

»Quatsch.«

Lasche verlagerte sein Gewicht von einem Fuß auf den anderen. Als erfolgreicher Popstar würde er neben guter Musik vor allem eines brauchen: Publikum. Warum sollte die Tochter seiner Vermieterin nicht sein erster Fan werden? Irgendwo musste man ja anfangen.

»Also gut«, sagte Lasche und versuchte sich an einem verlegenen Lächeln. »Kannst du ein Geheimnis für dich behalten?«

»Sicher«, log Anja wenig überzeugend.

»Komm erstmal rein.« Lasche ließ sie vorbei, dann schloss er die Tür. »Um ehrlich zu sein, ist die Musik von mir. Ich mache elektronische Musik mit einem selbstgebauten Synthesizer.«

»Is nich wahr.«

»Doch«, sagte Lasche. »Da steht er. Sieht aus wie ein Radiorekorder. Die Elektronik, die ich eingebaut habe, ist ziemlich kompliziert. Soll ich dir zeigen, wie es funktioniert?«

»Klar«, sagte Anja und setzte sich quer auf den Sessel, die Beine über der Armlehne. »Ihr Publikum ist ganz Ohr.«

»Also gut«, sagte Lasche und räusperte sich. Er stellte sich den Radiorekorder quer auf die Oberschenkel, so dass Anja den sichtbaren Ausschnitt des Tablet-Bildschirms nicht erkennen konnte. »Zuerst erzeuge ich einen Rhythmus, etwa so.« Lasche stellte mit dem ehemals für die Sendersuche zuständigen Rädchen und der Mittelwellen-Taste einen schnellen, wummernden Basslauf ein.

»Wow«, meinte Anja und wackelte mit den Füßen.

Lasche legte einen Finger auf die Lippen, dann spielte er einen Dreiklang in E-Moll, mit Echo-Reglern auf Maximum.

»Geil«, sagte Anja. »Wir engagieren Sie als DJ.«

»Wie bitte?« Lasche stellte die Musik leiser.

»Sonntag ist eine Feier. Hier in der Pension. Viele Gäste. Freunde und Freundinnen. Ich überrede meine Eltern, dass Sie eine Stunde oder so auftreten können.« Anja war so begeistert, dass sie hüpfend um den Sessel tanzte. Ihre Frisur hüpfte ebenfalls.

Lasche wollte am liebsten mittanzen. »Ja, warum nicht … aber … was ist das denn für eine Feier?«

Anja blieb stehen, streckte sich und hob die Arme in Jubel-Pose. »Meine Konfirmation.«

89. *Tag-Nacht-Wechsel nach der Baumblüte,*
»Ort, wo der gurgelnde Bach den Wald verlässt«.

Kunodor Meisterschnitzer sah die Tür zufallen und den Schrank mitsamt Brunhard Baumversteher und dem Krieger aus der Vergangenheit verschwinden. Zurück blieb ein sich drehender Wirbel aus Sägespänen, die langsam zu Boden sanken.

Es wurde still in der Werkstatt.

»Sie sind weg«, sagte Kunodor und blickte fassungslos auf die Stelle, an der zuvor noch der Schrank gestanden hatte. Er drehte sich zu den übrigen Schnitzern herum. »Was machen wir jetzt?«

Als niemand etwas sagte, wurde ihm klar, dass er als zweitwichtigster Mann im Dorf jetzt die Verantwortung trug und das sie von *ihm* die Beantwortung der Frage erwarteten. Der Schweiß brach aus ihm heraus wie eine Flutwelle. Er war Schnitzer und kein Baumversteher, trotzdem verließen sie sich auf ihn. Aus einer Ecke des Raumes erklang ein leises Schniefen. Er schaute hinüber und sah Riette, die verbissen gegen die Tränen ankämpfte. »Wann kommt Papa wieder?«, fragte sie und Kunodor war froh, als Meinrich zu ihr hinüber ging, um sie zu trösten.

Er dachte nach. Sie brauchten einen Plan. Dummerweise fiel ihm keiner ein. Bislang war nur ein einziger Schrank zurückgekehrt. Und auch nur für einen kurzen Moment. Alle anderen rutschten immer noch durch die Zeit oder sie waren in Gegenden gelandet, in denen es keine Menschen gab.

Mit einem Male bebte der Boden unter seinen Füßen. Von der Decke rieselten Sägespäne und Staub. Aus dem Stapel Holz lösten sich Stämme und rollten quer durch die Werkstatt. Einer warf einen der Holzböcke um. Über

Kunodor löste sich im Dachgebälk ein Balken und krachte neben ihm zu Boden. Das Gerippe eines unfertigen Kleiderschranks kippte um.

Von draußen drangen entsetzte Schreie und polternder Lärm zu ihnen herein. Jemand schlug die hölzerne Alarmglocke im Gebäude des Baumverstehers.

Die Tür zur Werkstatt wurde aufgestoßen und Benehelm Dorfwache kam herein. »Die Maschinen sind da!«, schrie er. Er blickte sich um. »Wo ist Brunhard Baumversteher? Die Maschinen haben den Graben überwunden, als gäbe es ihn nicht, und sind auf dem Weg ins Dorf!«

Einen Atemzug lang war Kunodor wie versteinert. Dann sagte er: »Der Baumversteher ist nicht hier. Ich habe jetzt die Verantwortung. Sag allen, dass wir das Dorf aufgeben. Jeder soll in die Berge fliehen.«

Als Benehelm sich nicht rührte, raunte Meinrich ihn wütend zu: »Du hast den Meisterschnitzer gehört! Beweg dich!«

Nun erst eilte er hinaus.

Kunodor drehte sich zu den übrigen Schnitzern herum. »Nehmt euch so viele Stämme wie möglich. Wir müssen ihnen Zeit verschaffen, damit sie das Dorf verlassen können.« Er schaute zu Meinrich hinüber, der noch immer Riette im Arm hielt. »Du passt auf sie auf!«

Meinrich wollte mit Riette die Werkstatt verlassen, doch das Mädchen weigerte sich. »Ich gehe nicht ohne den Baum. Er sagt, dass er Angst hat und nicht hierbleiben will.«

»Meinetwegen«, seufzte Kunodor, der keine Zeit für eine Diskussion mit einer dickköpfigen Neunjährigen hatte. »Aber den Kübel lasst ihr hier!«

Meinrich nickte erleichtert. Er entfernte die Erde um den Stamm herum und zog den Baum heraus. Der Lärm außerhalb der Werkstatt wurde lauter. Es krachte, donnerte und die Erde bebte, dass die Holzverbindungen der

Wände knirschten. Ein weiterer Balken rutschte aus seiner Halterung. Eine Wolke aus Sägespänen und Staub verteilte sich in der Werkstatt.

»Los, beeilt euch!« Kunodor half den Schnitzern, die Stämme hinaus zu tragen.

»Wir holen das Werkzeug!«, rief Friedemann Astritzer und winkte ein paar der Lehrlinge heran.

Draußen verdunkelte sich der Himmel vor Schwärmen aus aufgescheuchten Vögeln. Kreischend flohen die Tiere vor zwei der riesigen Baumerntemaschinen, die den Wald abgeerntet hatten und jetzt auf das Dorf zusteuerten. Die Maschinen bestanden komplett aus Holz und waren so gewaltig, dass man die kastenförmigen Aufbauten auf ihrer Oberseite kaum noch erkennen konnte. Sie bewegten sich auf sechs riesigen Speichenrädern, jedes so groß wie eine Scheune, die sie unaufhaltsam dem Dorf näher brachten. Ohne langsamer zu werden, überrollten sie den ersten Kornspeicher, als wäre er ein Schneckenhaus auf dem Feldweg. Ein Rad streifte eine davor abgestellte Kutsche und wirbelte sie durch die Luft. Sie zerschellte mitten auf der Hauptstraße, während es hinter ihr Holzbalken und Getreide regnete. An den Seiten der kastenförmigen Maschinen saßen vier lange Arme, die in unterschiedlichen Greifern ausliefen und nach allem schnappten, was in ihre Nähe gelangte. Wie Dreschflegel wirbelten sie durch die Luft, zerschmetterten die Dächer der Häuser und gruben Furchen in den Boden, tief wie Wassergräben. Männer, Frauen und Kinder flohen in wilder Panik die Hauptstraße hinauf.

Kunodor blieb wie erstarrt stehen. Der Anblick war weit schlimmer, als er befürchtet hatte. Friedemann Astritzer trat an seine Seite. Seine Stimme bebte. »Wie sollen wir diese Maschinen aufhalten? Das ist doch unmöglich.« Er blickte Kunodor mit bleichem Gesicht an. »Das schaffen wir nicht. Sie sind zu gewaltig.«

»Vielleicht können wir sie nicht zerstören, aber wir können unseren Leuten Zeit verschaffen, damit sie es in die Berge schaffen.« Er erhob seine Stimme: »Verteilt die Stämme auf der Straße und schickt sie ihnen entgegen!«

Die Schnitzer nahmen ihre Stechmeißel und Hämmer und bearbeiteten die Baumstämme, die die Lehrlinge heranschafften.

Am Rande des Dorfes zermalmten die Maschinen die ersten Häuser. Menschen flohen in blinder Angst. In der Luft hing eine Wolke aus Dreck, Staub und Rauch, immer wieder zerrissen von umherfliegenden Trümmern. Einer der Maschinenarme traf ein Haus und teilte es in zwei Hälften. Die anderen Arme mähten wie Sensen auf dem Feld die Reste nieder.

Kunodor schaute zu einer der Maschinen hinauf und suchte nach Anzeichen, von wo aus sie gesteuert wurde. Er entdeckte hoch oben undeutlich ein paar Öffnungen, ohne jedoch jemanden erkennen zu können.

Neben ihm rollten die ersten Stämme die Hauptstraße hinab, als die in ihnen eingebettete kinetische Energie freigesetzt wurde. Sie bewegten sich zuerst langsam, dann immer schneller auf eine der Maschinen zu und schlugen ein winziges Loch in ihre Hülle.

»Wir können sie zerstören! Schickt ihnen mehr Stämme entgegen!«, schrie Kunodor mit überschlagender Stimme.

Die Lehrlinge schleppten weitere Baumstämme heran, die die Schnitzer bearbeiteten. Bald darauf rollte eine ganze Lawine aus Stämmen auf die Maschinen zu. Sie prallten vom Boden ab, sprangen hoch in die Luft, drehten sich, während sie immer mehr an Tempo gewannen, angetrieben durch die in ihnen freigesetzte Energie. Sie krachten gegen die vorderste Maschine. Ein Großteil prallte vom Holz der Außenhülle ab, als wäre es aus Gestein, aber ein paar zerschmetterten zwei der gewaltigen Speichenräder. Sie brachen.

Die Maschine neigte sich zur Seite und blieb mit einem Ruck stehen. Ihr verbliebenes Rad drehte sich weiter und grub sich tief in den Boden ein.

Neben Kunodor brach Jubel aus. »Noch ist die Maschine nicht zerstört«, dämpfte er ihre Begeisterung. Plötzlich erinnerte er sich an seinen ersten Sommer im Dorf und den Ärger, den er sich aus Unachtsamkeit eingebrockt hatte.

»Ich habe eine Idee. Helft mir!« Er beugte sich zu einem der Stämme herunter und legte dessen Energielinien frei. Gemeinsam mit Friedemann Astritzer trug er ihn zur havarierten Maschine. Mit jedem Meter spürte er, wie sich der Baumstamm weiter aufheizte, bis seine Finger vor Hitze schmerzten. Dann stiegen erste Rauchschwaden auf.

»Vorsichtig!«, schrie Friedemann, als einer der Arme über sie hinwegfegte. Er senkte sich auf der Seite der zerstörten Räder in die Tiefe und drückte die Erntemaschine vom Boden hoch. Sie machte einen Satz vorwärts und Friedemann und er mussten den Baumstamm loslassen und zurückspringen, um nicht getroffen zu werden. Dann knickte der Arm ein und die Maschine fiel wieder zu Boden. Für einen Moment lag der Koloss still vor ihnen. Er war so gewaltig, dass es ihnen vorkam, als stünden sie vor einer bis in die Wolken reichenden Bretterwand.

»Weiter!«, rief Kunodor. Sie hoben den Stamm erneut auf und trugen ihn näher an die Maschine heran. Längst hatte er sich dunkel verfärbt. Winzige Flammen brachen aus der Rinde hervor, wie Keimlinge auf dem Feld.

Die beiden gebrochenen Räder der Maschine bewegten sich nicht mehr, doch das verbliebene Rad drehte sich unablässig weiter und wirbelte Sand, Steine und Dreck auf. Ein ohrenbetäubendes Kreischen lag in der Luft.

Wieder senkte sich der Arm, um den Koloss ein weiteres Stück voranzutreiben.

Kunodor und Friedemann holten Schwung und warfen den Stamm in seine Richtung. Sofort drehten sie sich um und liefen zu den anderen zurück, während hinter ihnen der Baumstamm auf die Maschine zurollte und explodierte. Wie brennendes Öl spritzten Holzstücke, Rinde und Splitter in alle Richtungen davon. Ein gewaltiges Bersten zerriss einen Teil der Außenhülle. An mehreren Stellen fing sie Feuer. Einer ihrer Arme sackte kraftlos herab. Ein anderer erstarrte in der Luft, als das Innere der Maschine von einer weiteren Explosion erschüttert wurde.

Mit einem Laut, als würden unzählige Zahnräder zersplittern, erstarb schließlich auch die letzte Bewegung und die Maschine blieb regungslos inmitten der zerstörten Häuser stehen.

Der ausbrechende Jubel währte nur kurz. Zwei weitere, noch gewaltigere Fahrzeuge tauchten hinter dem zerstörten Koloss auf. Auf ihren Ladeflächen transportierten sie die geernteten Stämme und Kunodor spürten einen Stich im Herzen, als er die Unmengen an ermordeten Bäumen sah.

Die zweite Erntemaschine änderte ihre Richtung und bewegte sich nun auf das Haus des Baumverstehers in der Mitte des Dorfes zu. Auf ihrem Weg wälzte sie ein Gebäude nach dem anderen nieder. Eine Gruppe Bauern, die Dreschflegel, Hämmer und Stühle zu Waffen erklärt hatten, stellte sich ihr in den Weg. Benehelm Dorfwache lief vorneweg und schwang einen Besen, als wäre er eine tödliche Waffe. Er schrie Anweisungen und seine Leute verteilten sich um den näherkommenden Koloss herum. Verbissen schlugen sie mit ihren neu entdeckten Waffen auf die Maschine ein, doch Ihre Schläge verpufften wirkungslos. Mehrere Männer schleuderten ihr an Seilen befestigte Haken entgegen, die sich in den Speichenrädern verfingen und sich um ihre Achsen wickelten.

Ruckartig spannten sich die Seile. Ein Kreischen aus dem Inneren der Maschine wurde laut.

Ein paar der übrigen Schnitzer griffen Kunodors Idee auf und warfen der letzten Maschine jetzt ebenfalls Baumstämme entgegen. Doch anstatt sie in Flammen aufgehen zu lassen, ließen sie ihre Temperatur absinken.

Zuerst bildete sich nur Raureif auf dem Holz der Speichenräder. Winzige Kristalle wuchsen zu Eis heran. Das Holz kühlte weiter ab, bis ein geschlossener Panzer die Räder umschloss. Anfangs brach er immer wieder auf, als die Maschine sich erneut vorwärtsbewegte. Dann brach ein Speichenrad nach dem anderen und auch diese Maschine blieb stehen.

Kunodor sah die Verlademaschinen abdrehen und das Dorf verlassen.

»Wir haben es geschafft!« Friedemann trat an seine Seite. Ungläubig sah er zu, wie die gewaltigen Fahrzeuge davonfuhren. »Die Außerirdischen geben auf.«

Auch Kunodor schaute ihnen nach. »Sie haben unser halbes Dorf mit nur zwei Maschinen dem Erdboden gleichgemacht. Sie können uns jederzeit neue schicken. Unsere Wälder sind voll von ihnen. Warum also sollten sie jetzt aufgeben?« Er schüttelte den Kopf. »Nein, sie verfolgen einen anderen Plan.«

Kurz verdunkelte sich der Tag und über ihren Köpfen tauchte das gewaltige Raumschiff der Außerirdischen auf.

Als Lucia vorsichtig die Tür des Schranks aufstieß, ahnte sie schon, dass es keine gute Idee gewesen war, den kaum sichtbaren Hebel ganz nach links zu schieben.

Dieser Gestank!

Diese Dunkelheit!

Dieser … *Gestank*!

Ein Rudel Affen mit Verdauungsstörungen konnte nicht schlimmer riechen. Der Gestank wirkte auf Lucia wie das Gegenteil eines Parfümgeschäfts.

»*Merde!*«, entfuhr es Jules Verne. »Sollen wir *denen* die Segnungen der modernen Zivilisation nahebringen?«

Endlich hatten sich Lucias Augen an das Dämmerlicht gewöhnt.

Der Schrank war mit seinen Insassen anscheinend in einer offenen Wohnhöhle von Neandertalern gelandet, und zwar mitten in deren abendlicher Kuschelrunde.

»Ummmmrrrr!«, machte ein Neandertaler und strich mit der Hand außen über die Seitenwand des Zeitschranks. Vielleicht versuchte er, mit ihm zu kuscheln. Nun erhoben sich auch andere Höhlenbewohner. Im Stehen wirkten sie viel zahlreicher als übereinander gestapelt.

»Ich habe ein ganz mieses Gefühl«, sagte Lucia.

»Mademoiselle«, sagte Verne, »Sie stehen mir im Licht, ich kann ja gar nicht sehen, was ich zu Papier bringe.«

Lucia drehte sich um. Tatsächlich saß der Schriftsteller im Schrank auf seinem Koffer und machte sich auf einem Block Notizen.

»Aber Monsieur!«, sagte Edmonton. »Gebietet es die Freundlichkeit nicht, einen Gruß anzubieten?«

»Bloß in welcher Sprache?«, fragte Lucia. »Deutsch, englisch, französisch, ugga-ugga?«

»Sie sollten sich nicht über unsere Gastgeber lustig machen«, sagte Edmonton. »Die haben Keulen.« Er zeigte auf eine Gruppe bewaffneter Neandertaler, die sich langsam näherte.

Lucia trat aus dem Schrank und hob beschwichtigend die Hände. »Wir sind unbewaffnet und kommen in Frieden.«

»Und wir haben Brandy dabei«, ergänzte Edmonton und schwenkte eine Flasche.

»Ich weiß wirklich nicht, ob das eine gute Idee … «

»Herrje«, rief Verne. »Ich hatte schon befürchtet, wir müssten das Wasser trinken, das hier in der Höhle die Wände herunter rinnt, so wie die Figuren in meinem Roman.«

Edmonton schob sich an Lucia vorbei, zeigte den Anwesenden, wie man einen Schluck aus der Flasche nahm, machte glücklich »aaah!«, damit auch jeder kapiert hatte, wie lecker das war, und reichte den Brandy dem nächstbesten Neandertaler.

»Diese Zeitlinie wäre damit auch im Eimer«, quittierte Lucia.

Nachdem die Flasche zweimal die Runde gemacht hatte, stieg die Stimmung merklich. Den Gästen aus der Zukunft wurden Blaubeeren und Knabberwurzeln angeboten sowie etwas, das wie eine verbrannte Ratte aussah.

Lucia ließ es über sich ergehen, dass sie von oben bis unten angeschaut und bekuschelt wurde, während ihre männlichen Begleiter es in Rekordzeit geschafft hatten, ein paar Neandertalern ein Würfelspiel beizubringen.

Bis sechs zählen konnten sie also. Eine wertvolle wissenschaftliche Erkenntnis, fand Lucia.

»Sehen Sie!«, rief Edmonton. »Ich habe beim Spiel diesen nagelneuen Faustkeil gewonnen! Die Kollegen im Club werden Augen machen!«

Lucia seufzte, so intensiv sie konnte.

»Ich habe im Kopf bereits mein drittes Kapitel fertig«, erklärte Verne feierlich. »Darin trifft die Expedition auf Runen-Inschriften in einer Neandertaler-Höhle.«

Lucia schaute sich um. »Hier sind aber keine …« Sie unterbrach sich und schüttelte den Kopf. »Natürlich. Das hier ist ja ein Roman, keine Reportage.«

»Die würde Ihnen auch keiner abnehmen«, grinste Edmonton. »Ich mag diese Menschen«, verkündete er. »Sie führen ein einfaches Leben und haben keine Ahnung, dass sie eines Tages ausgerottet sein werden.«

»Werden sie nicht«, flüsterte Verne.

»Wie war das bitte?«, erkundigte sich Lucia.

Verne zuckte mit den Schultern. »Möglich, dass ich mein Feuerzeug irgendwo hier in der Höhle verloren habe …«

»Sie Schurke!«, rief Edmonton und lachte. »Wollen Sie denn den Homo sapiens rückwirkend durch den Homo Neandertalensis ersetzen?«

Verne hob den Zeigefinger. »Die narrative Kraft dieser Idee wird meinen Roman zum kontroversesten Bestseller aller Zeiten machen.«

»Was soll das schon wieder heißen?«

»Wer diese Zeilen liest, möge sich fragen: Ist die Macht des einen, und ist die Ohnmacht des anderen nicht womöglich nur eine Laune der Geschichte, ein reiner Zufall oder eine Folge einer Kleinigkeit? Könnten die Neandertaler die vorherrschende Spezies auf dem Planeten werden, wenn ihnen eine bedeutende Entdeckung früher gelänge als anderen? Und sind unsere friedliebenden, freundlichen, kuscheligen Gastgeber womöglich die besseren Menschen?«

»Wir werden es nie erfahren«, meinte Edmonton und warf einer Neandertalerin ein Lächeln zu, die gerade ein Vergrößerungsglas aus seinem Entdecker-Gepäck ausprobierte.

»Laune der Geschichte?« Lucia verschränkte die Arme vor der Brust. »Benachteiligung von Frauen, Kinderarbeit, Elendsviertel … erzählen Sie mal den Sklaven, dass sie einfach das Pech hatten, dass ihre Besitzer das Feuerzeug vor ihnen gefunden haben!«

»Die Sklaverei ist längst geächtet«, erklärte Verne.

»Ach, hören Sie doch auf.« Lucias Blick fiel auf Edmonton, der angefangen hatte, der Neandertalerin zu zeigen, wie man eine Höhlenspinne durch die Lupe betrachtete. Die Frau bekam einen ordentlichen Schrecken. »Was glaubst du eigentlich, was du da tust?«, wollte Lucia wissen.

»Bildung!«, rief Edmonton. »Ich bringe Mary etwas Nützliches bei.«

»Mary? Nicht dein Ernst, oder?«

»Die Sonne geht gleich auf«, gab Edmonton zurück und zeigte auf die bewaldeten Höhen, die sich vor dem Höhleneingang erstreckten. »Ich möchte ihn mit Mary zusammen draußen beobachten.«

»Sehr romantisch«, fand Verne. »Dieses Geturtel zwischen unseren Spezies muss Eingang in meinen Roman finden.«

»Das ist doch Wahnsinn!«, rief Lucia. »Seht ihr nicht, wie die anderen darauf reagieren?«

Mehrere männliche Neandertaler hatten sich von ihren gemütlichen Sitzplätzen im Staub der Höhle erhoben und folgten mit grimmigen Gesichtern und teils erheblich schwankend Edmonton und Mary Richtung Ausgang.

»Francis! Komm zurück!«, rief Lucia. Er schien sie nicht zu hören. Sie stöhnte unzufrieden, machte zwei Schritte vorwärts.

Drei Neandertalerinnen und Neandertaler stellten sich ihr in den Weg. »Das … ist doch alles nicht böse gemeint«, brachte sie hervor und hob abwehrend die Hände. »Wir sind nur auf der Durchreise und zwei von uns

sind übergeschnappt und betrunken, aber sie sind harmlos, wenn sie wieder nüchtern sind, ganz bestimmt!«

Einer der Neandertaler griff nach ihrem Arm. Zog sie
an sich. Lucia schrie auf. Sie begriff, dass der Mann sich
auch nicht viel übergriffiger verhielt als Edmonton. Sie
spürte seinen Atem. Sein Fell. Seine Erregung. Sie riss
sich los, sprang zum Schrank.

»Schnell!«, rief Verne und zog sie hinein.

»Aber … Francis!«

Lucia sah gerade noch, wie der erste Sonnenstrahl
eine schwarze Silhouette von Sir Edmonton und seiner
Mary in den orangeroten Himmel stanzte, dann schlossen sich die Reihen der Neandertaler und die Tür des
Schranks.

Wie ein Blitzschlag durchfuhr die Angst Brunhard Baumverstehers Körper. Immer wieder zog er die Schranktür zu, stieß sie auf, ohne dass sie durch die Zeit rutschten.

Sein Magen krampfte sich zusammen. Das durfte nicht sein. Wenn der Schrank versagte, wären sie hier gestrandet, in einer Zeit, in der sie nicht überleben konnten. Ein letztes Mal schloss und öffnete er die Schranktür. Dann gab er seine Versuche auf.

Er blickte zu dem Krieger hinüber, der zusammengesunken in einer Ecke des Schrankes kauerte und in kurzen, keuchenden Stößen atmete. Die Hitze machte ihm sehr zu schaffen. Sein Gesicht war gerötet und glänzte vor Schweiß. Für einen Krieger besaß er eine bemerkenswert schlechte Kondition. Nach den Erzählungen der Bäume hatte Brunhard angenommen, dass die Kämpfer in der Vergangenheit stark und ausdauernd gewesen seien. Dieser hier war das genaue Gegenteil. Wäre er nicht mit dem Schrank zurückgekommen, hätte Brunhard ihn nicht einmal für einen Krieger gehalten.

Der Mann bemerkte seinen Blick. Er sah auf und lächelte gequält. Mit einer Hand machte er die Schwinge eines Vogels nach und deutete auf die Wand neben sich.

»Ja«, nickte Brunhard, »es sieht so aus, als ob uns der Schrank im Stich lässt.«

Der Krieger schien ihn zu verstehen. Plötzlich lachte er, als hätte es für ihn auch ein weit schlimmeres Schicksal geben können, als auf einer tödlichen Welt zu stranden. Er zeigte mit dem Daumen auf sich: »Ottmar.«

Brunhard nannte seinen eigenen Namen, wie er es schon einmal getan hatte.

»Brunhard«, wiederholte der Krieger, wobei er die erste Silbe zu sehr in die Länge zog.

Brunhard nickte. »Baumversteher«, sagte er, doch dieses Mal erntete er nur einen unverständlichen Blick.

Sein Gegenüber schloss die Augen. Als Brunhard schon glaubte, er wäre wieder bewusstlos, machte er eine Geste, die den ganzen Schrank zu umfassen schien. Mit den Kuppen seiner Finger klopfte er gegen das Holz neben sich. Er sah Brunhard fragend an.

»Du willst wissen, ob ich den Schrank wieder in Ordnung bringen kann?«, erriet Brunhard. Er seufzte. »Ich wünschte, ich könnte es. Leider bin ich nur ein Baumversteher, kein Schnitzer.«

Dennoch legte er sein Ohr an den Schrank und schloss die Augen. Wie er erwartet hatte, hörte er nichts. Keine Stimme. Keine Gedanken. Gar nichts! Kein Wunder, war der Baum doch schon seit langem tot. Aber Brunhard bemerkte etwas anderes. Das Holz fühlte sich rau an. Normalerweise war es so glatt, als wäre es poliert. Dieses hier jedoch nicht.

Er strich mit den Fingern über die Oberfläche und war sich sicher, dass etwas nicht stimmte. Nun, da seine Neugierde geweckt war, beugte er sich näher heran und bemerkte winzige Löcher, das Holz wie ein Sieb durchzogen.

Erneut schloss er die Schranktür, doch dieses Mal hoffte er nicht darauf, dass sie durch die Zeit rutschten.

Er sah sich um. Durch unzählige, winzige Löcher fiel Licht ins Innere des Schrankes. Brunhard hatte so etwas noch nie gesehen. Etwas musste das Holz zerfressen haben, doch er kannte keine Tierart, die dazu in der Lage gewesen wäre. Wo mochte sie über den Schrank hergefallen sein? Hier, am Ende der Welt oder tief in der Vergangenheit? Oder vielleicht irgendwo zwischen Raum und Zeit?

Es knackte, als Brunhard seine Hand auf das Holz neben sich legte und kräftig drückte. Knirschend gab es nach und seine Faust durchbrach die Seitenwand, als wäre sie aus Kork. Er berührte mit den Fingern den Rand, der unter dem Druck zerbröselte.

Brunhards Schultern sanken herab. Mit diesem Schrank würden sie nie wieder nach Hause kommen. Er dachte an Riette und würgte einen Kloß herunter.

Die nächsten Minuten verbrachte er schweigend, mit dem Rücken gegen eine der Wände gelehnt. Seine Augenlider wurden schwer wie nasses Holz. Er fühlte, wie die Hitze ihm die Lebenskraft entzog. Wenn er einschlief, würde er nie wieder erwachen. Brunhard zwang sich, aufzuschauen.

Der Krieger lag in einer Ecke des Schrankes und rührte sich nicht mehr. Nur an den Bewegungen seines Brustkorbes erkannte Brunhard, das er noch lebte. Aber wie lange noch? Ohne Wasser würde er nicht wieder erwachen. Und so kroch Brunhard aus dem Schrank.

Sofort schlug ihm die unbarmherzige Hitze entgegen. Glühender Sand peitschte ihm ins Gesicht. Er blinzelte. Seine Augen brannten. Brunhard schirmte sie mit den Händen ab und sah sich um. Wohin er auch blickte, überall erstreckte sich die gleiche eintönige Landschaft. Wie lange mochte es schon kein Leben mehr auf dieser Welt geben? Unvermittelt fragte er sich, ob er hier überhaupt Wasser finden würde. Gab es Wasser ohne Leben? Er hatte sich diese Frage nie gestellt. In seiner Welt existierte alles im Überfluss, seit die Menschen mit ihr im Einklang lebten. Dann wurde ihm klar, dass dieses ja seine Welt war, nur viele Jahre in der Zukunft. Waren die Außerirdischen für ihren Zustand verantwortlich? Hatten sie alles Leben durch das Abholzen der Wälder zerstört? Oder trug eine spätere Katastrophe die Schuld daran? Fragen, auf die er keine Antwort bekommen würde.

Brunhard entschied sich für die erstbeste Richtung und marschierte los.

Schon bald verlor er das Zeitgefühl. Er wusste nicht mehr, wie lange er unterwegs gewesen war, als er vor sich eine Unregelmäßigkeit, in der ansonsten völlig gleich aussehenden Landschaft entdeckte. Doch als er dort ankam, fand er nichts außer Sand. Hatte er sie sich nur eingebildet? Machte ihm die Hitze so sehr zu schaffen, dass er schon Dinge sah, die es nicht gab?

Kurze Zeit später wiederholte sich die Erscheinung und nun war sich Brunhard sicher, dass er einen Schrank gesehen hatte. Einen anderen Schrank? Waren weitere Schränke in diesen Zeitabschnitt gerutscht? Trotz der erdrückenden Hitze lief er schneller.

Während Brunhard keuchend näherkam, erkannte er Einzelheiten. Der Schrank war auf einer Seite bis zum Sockel im Sand eingesunken. Beide Türen standen offen. Sie bewegten sich bei jedem Windzug vor und zurück und ihre hölzernen Scharniere quietschten. Erschöpft fiel Brunhard auf die Knie, rappelte sich wieder hoch und lief weiter.

Kurz bevor er den Schrank erreichte, schlug ein kräftiger Windstoß die Türen zu und er verschwand. Brunhard stieß einen enttäuschten Schrei aus. Alles schien sich gegen ihn verschworen zu haben. Minutenlang lag er regungslos im Sand und weinte tränenlose Tränen. Dann sagte er sich, dass es noch weitere Schränke geben könnte. Er stand auf und war entsetzt, wie viel Anstrengung ihn diese Bewegung kostete. Für einen Moment drehte sich der Horizont um ihn herum und Punkte flimmerten wie Glühwürmchen vor seinen Augen. Er fuhr sich mit der Hand durchs Gesicht. Sein Mund fühlte sich an, als ob er ihn mit Sand ausgespült hätte. Erschöpft torkelte er weiter.

Eine Zeitlang lief er weiter geradeaus, bis ihm klar wurde, dass es völlig egal war, in welcher Richtung er sich bewegte. Die Schränke konnten überall und jederzeit auftauchen — oder auch nie. Also drehte er um und ging zurück zum Krieger.

Als der Schrank vor ihm in der Ebene auftauchte, war er so durstig, dass er sich kaum noch auf den Beinen halten konnte. Er wankte mehr, als er lief. Und noch immer hing keine einzige Wolke am Himmel. Gab es hier überhaupt noch Wolken?

Brunhard glaubte zu träumen, als vor ihm plötzlich eine Handvoll Schränke in diese Zeit rutschten. Von einer Sekunde auf die andere standen sie plötzlich vor ihm im Sand. Gab es sie wirklich oder waren sie nur ein Wunschgedanke, ausgelöst durch den Wassermangel? Während er noch nach einer Antwort suchte, erschienen weitere Schränke. Zuerst fünf, dann zehn. Und so ging es weiter, bis die komplette Ebene mit Schränken gefüllt war. Einige verschwanden bereits wieder, als der Wind ihre Türen zuschlug, während weiterhin neue Möbelstücke auftauchten.

Brunhard lief weiter und fragte sich gleich darauf erschrocken, in welchem Schrank der Krieger lag? Er hatte völlig die Orientierung verloren. Überall erschienen und verschwanden Schränke und alle sahen gleich aus.

Brunhard erreichte die ersten Schränke und riss wahllos Türen auf, schaute hinein und schrie dabei immer wieder den Namen des Kriegers: »Ottmar!«

Die Ebene stand voller Schränke. Manche wirkten, als hätten die Schreiner sie gerade erst angefertigt, anderen schienen seit Jahren unterwegs zu sein. Brunhard glaubte durchzudrehen. So viele Schränke! Viel mehr, als sie jemals hätten herstellen können. Es konnten nur Einbildungen sein. Oder Spiegelungen in der flirrenden Luft. Aber hätte er dann ihre Türen öffnen und hineinschauen können? Vielleicht hatten sie sich aber auch selbst in der Zeit überholt und so vervielfältigt.

Noch immer hatte Brunhard den Schrank, in dem er den Krieger zurückgelassen hatte, nicht entdeckt. Als er schon aufgeben wollte, sah er ein Loch in einer der Rückwände.

Im Inneren des Schrankes lag der Krieger. Er war noch immer bewusstlos. Brunhard zog ihn heraus und trug ihn zu einem der anderen Schränke.

Als er jetzt die Tür zuzog, spürte er, wie sie durch die Zeit rutschten.

Das Konzert war ein grandioser Erfolg. Es fand im Innenhof der Pension statt, der mit ein paar Girlanden, Holzkohlegrill und Pils vom Fass von einer schmutziggrauen Bausünde in eine fröhliche Partyzone verwandelt worden war. Mit ein paar langsamen Stücken hatte Lasche sich die uneingeschränkte Aufmerksamkeit der anwesenden Teenager gesichert. Dann hatte er das Tempo angezogen. Anjas Freundinnen und Bekannte tanzten ausgelassen mit Bier im Becher und Dauerwellen im Haar, teils gewandet in übertrieben rüschige Engelskleider zu einer Mischung aus 80er-typischen breiten Synth-Beats und sphärischem Triphop.

Längst hatte Lasche seine zugesagte Stunde überzogen, aber was sollte er machen, wenn die Fans dauernd »Zugabe!, Zugabe!« riefen?

Angehörige der Konfirmandin, die der älteren Generation angehörten, hatten sich mittlerweile größtenteils mit Bier und Bratwurst in den Frühstücksraum der Pension zurückgezogen.

Dort stand auch der Fernseher, der demonstrativ so laut gedreht worden war, dass der Ton bis in den Innenhof drang.

Beinahe passte es perfekt zum langsamen Techno-Sound, den Lasche gerade am Start hatte, als eine landesweit bekannte Stimme erklang: »Hier ist das erste deutsche Fernsehen mit der Tagesschau.«

Lasche stellte das Tempo des Sequencers so ein, dass es zur Erkennungsmelodie der Nachrichtensendung passte.

Die Teenager fanden das anscheinend ziemlich cool, denn sie johlten und Anja warf ihm sogar eine Kusshand zu.

»Duisburg«, sagte Dagmar Berghoff gut hörbar. »Die örtliche Polizei wurde heute in eine Privatwohnung gerufen, weil dort Menschen aus einem Kleiderschrank gekommen waren, die wie Neandertaler aussahen und sich auch so verhielten.«

»Scheiße«, entfuhr es Lasche, und ohne nachzudenken schaltete er sein Gerät aus.

Als die Nachrichtensprecherin bei »… nachdem den Eindringlingen die Keulen abgenommen worden waren, erklärte eine Bewohnerin des Hauses den Behörden, dass schon einmal jemand aus dem gleichen Schrank …« angekommen war, rannte Lasche schon mit seinem Radiorekorder die Treppe hoch und auf sein Zimmer.

Er knallte die Tür hinter sich zu und lehnte sich außer Atem dagegen.

Der überlaut eingestellte Fernseher war hier nur als unbestimmtes Wummern zu hören.

Am ganzen Körper zitternd musste sich Lasche erst einmal hinsetzen. Er ärgerte sich darüber, dass er sein Bierglas unten vergessen hatte. Freilich konnte er jetzt schlecht loslaufen und es holen.

»Verdammt!«, rief er und donnerte die Faust auf den Tisch. Tausend Fragen stürzten auf ihn ein.

Wieso waren Neandertaler aus dem Zeitschrank aufgetaucht?

Hatte die alte Frau der Polizei eine Beschreibung seiner Person geben können, die genügte, um ihn zu finden?

Was würde die Polizei dann mit ihm anstellen?

Andererseits: Warum war er überhaupt weggerannt? Machte ihn das nicht erst recht verdächtig? Bis vor ein paar Minuten war er nur ein Musiker mit einem selbst gebastelten Instrument gewesen – keines der Mädchen und keiner der Jungs da draußen würde ihn im Verdacht haben, aus der Zukunft zu kommen, nur weil …

Ein Klopfen unterbrach seine wilde Gedankenakrobatik.

Erst wollte Lasche so tun, als sei er nicht da. Im Dunkeln sitzen bleiben, unsichtbar, nicht greifbar.

Aber das Klopfen wiederholte sich. Und es klang genau wie das von Anja vor ein paar Tagen.

Lasche seufzte, dann stand er auf und ging zur Tür. Er schuldete dem Mädchen eine Erklärung.

»Hallo«, sagte er, nachdem er die Tür einen Spalt breit geöffnet hatte.

»Was ist mit Ihnen?«, fragte Anja und schob einen schwarzen Lackschuh in die Lücke zwischen Tür und Füllung.

»Ich …« Lasche merkte, dass er sich keine Ausrede ausgedacht hatte. »Mir ging es plötzlich nicht gut.«

»Quatsch«, sagte Anja und reichte ihm ein gefülltes Glas. »Sie haben übrigens Ihr Bier vergessen.«

»Danke«, sagte Lasche, erleichtert über den Themawechsel, und nahm das Glas entgegen.

»Kann ich reinkommen?«

Lasche spähte in den Korridor, aber Anja war alleine. »Das ist gerade vielleicht ein bisschen ungünstig.«

»Mir geht's auch nicht so gut«, sagte Anja.

»Wieso das denn?«

»Weil ich kein Bier vertrage und mich nur habe konfirmieren lassen, um mir von den Geldgeschenken eine Stereoanlage kaufen zu können, und jetzt ist Gott mir sicher böse. Ich glaub doch nicht an den ganzen Quatsch. Sie?«

»Nicht wirklich.« Lasche ließ Anja eintreten, dann schloss er leise die Tür hinter ihr. »Wenn du nicht an Gott glaubst, kann es dir auch egal sein, ob er dir böse ist. Ich war schon an vielen Orten, aber da waren überall nur Menschen, manche toll, manche nicht, aber nirgendwo gab es Götter.«

»Das erklärt schon ziemlich vieles«, sagte Anja, schmiss ihre Lackschuhe in eine Ecke und setzte sich in den Sessel. Vor ihr stand der Radiorekorder. »Aber nicht alles.«

»Es gibt Dinge, die sehr schwer zu erklären sind.« Lasche setzte sich auf die Bettkante. Einen zweiten Sessel gab es nicht.

»Das hier zum Beispiel«, sagte Anja und warf Lasche eine Münze zu.

Der Fünfer landete auf seinem Schoß. Er nahm ihn in die Hand und hielt ihn ins Licht. »Was ist damit?«

»Die Jahreszahl.«

Lasche erbleichte. Eindeutig, die Münze trug das Jahr 1989 als Datum. »Eine seltene Fehlprägung«, improvisierte er schwach. »Bestimmt wertvoll. Woher hast du die?« Er biss sich auf die Zunge.

»Woher haben *Sie* die? Und woher haben Sie einen Synthesizer, der klingt wie aus der Zukunft und in einen klobigen Radiorekorder passt, der aussieht wie vom Schrottplatz?«

Jetzt musste Lasche lachen. Er trank von seinem Bier, das er noch in der Hand hielt. »Er ist wirklich vom Schrottplatz«, gab er dann zu.

»Und was ist das mit den Neandertalern im Kleiderschrank?«

»Das«, sagte Lasche, »kann ich wirklich nicht beantworten. Für den Rest gibt es eine simple Erklärung.«

»Natürlich«, meinte Anja. »Sie kommen aus der Zukunft.«

»Klar, was auch sonst.« Lasche stand auf, leerte das Glas und knallte es auf den Tisch. »Aus dem 21. Jahrhundert, das einfach nur zum Kotzen ist. Du kannst dir das nicht vorstellen. Finanzkrise. Verkehrskollaps. Klimakatastrophe. Politclowns.« Er warf die Arme in die Luft. »Islamistische Terroristen. Aussterbende Tierarten.

Der FC Bayern zehnmal in Folge Deutscher Meister. Es war unerträglich!«

Anja starrte sprachlos zu ihm hoch.

»Und oben drauf noch eine bekackte Pandemie …«

Anja riss die Augen auf. »Mit Zombies?«

»Frag nicht. Ach ja, und zu allem Überfluss ein komplett bescheuerter Krieg.«

Anja ächzte: »Der dritte Weltkrieg?«

»Frag nicht.« Lasche schüttelte den Kopf. »Sprit kostet pro Liter vier Mark. Das Schlimmste aber sind die sogenannten sozialen Netzwerke. Jeder kann seinen Senf zu all dem dazu geben, dabei den größten Quatsch verzapfen, Leute verunglimpfen, und die ganze Welt kann es sofort lesen, toll finden – und es gibt immer noch größere Idioten, die noch einen draufsetzen und zu dem ganzen Scheiß noch mehr Scheiß einfach dazu erfinden. Ich habe das nicht mehr ertragen.«

»Soll das heißen«, fragte Anja leise, »Sie sind aus Ihrer Zeit *geflohen*?«

»Allerdings«, sagte Lasche. »Als ich zufällig auf diesen Schrank gestoßen bin, und rausgefunden habe, wie er funktioniert, habe ich mir gesagt: Stefan, lieber Achtziger als *das hier*.« Er breitete die Arme aus. »Ich komme aus dem Jahr 2022. Und jetzt bin ich hier. Um ein neues Leben anzufangen. In meiner Jugend. Ich hab diese Zeit ja schon einmal erlebt, weißt du. Ich war damals ungefähr so alt wie du jetzt. Es war großartig. Synthie-Pop, Mad Max, das Knacken der Schallplatten in der letzten Rille, freie Liebe am Baggersee, Fernsehen mit Sendeschluss. Hier fühle ich mich wohl. Ich bin ein bisschen älter, aber die Achtziger sind immer noch großartig. Auch wenn die Luft hier wirklich ziemlich schmutzig ist: Sei froh, dass Du hier lebst und nicht *dort*. Ich meine: *Jetzt* und nicht *dann*.«

»Aber Zeitreisen sind doch unmöglich!«, entfuhr es Anja. »Die gibt es nur … in Lustigen Taschenbüchern!

Billigen Science-Fiction-Romanen! In irgendwelchen …
Geschichten!«

»Ja, wenn das so ist … Vielleicht sind wir in so einer
Geschichte«, sagte Lasche und grinste. »Wäre doch toll.
In Geschichten passieren ständig unmögliche Dinge.«

Anja wurde rot. »Aber … nicht das, was Sie gerade
denken! Ganz sicher nicht!«

Lasche hob abwehrend die Hände, ungefähr so schnell
wie ein Fußball-Torwart beim Elfmeter. »Ähm, ich habe
wirklich nicht an … an … schlüpfrige Dinge gedacht.«

Nachdenklich sah Anja aus dem Fenster, als könne sie
am Himmel einen allmächtigen Autor sehen, der wie ein
Gott ihr Schicksal steuerte. Das relativierte in gewisser
Weise das Glaubensbekenntnis, das sie heute anlässlich
ihrer Konfirmation in der Kirche heruntergeleiert hatte.
»Was könnte noch alles passieren … in Büchern …?«,
fragte sie ehrfürchtig.

»Keine Ahnung«, sagte Lasche und zuckte mit den
Schultern. »Was in Büchern eben so passiert. Unmögliche Zeitreisen, unglaubwürdige Liebesgeschichten, unerwartete Kapitelenden …«

Ottmar kam zu sich, als ihm jemand Wasser einflößte. Er lehnte gegen einen Stamm, ein Ast stach ihm wie ein stumpfes Messer in den Rücken. Unter sich spürte er einen Teppich aus Moos, neben ihm wuchsen Büsche. Wohin er auch blickte, überall sah er Bäume. Manche so alt, dass ihre knorrige Rinde aussah wie versteinerte Gesichter. Er hatte nie etwas Schöneres gesehen.

Rechts stand der Schrank. Ein abgebrochener Ast blockierte die Türen und verhinderte, dass sie zufielen. Auf der vorderen Kante hatten sich ein paar Schmetterlinge niedergelassen, die sich nun in die Luft erhoben und davonflogen,

Hinter Ottmar plätscherte ein Bach, aus dem der Schreiner mit der hohlen Hand erneut Wasser schöpfte. Ottmar trank ein zweites Mal.

Brunhard ließ das restliche Wasser durch seine Finger rinnen und sagte etwas.

Ottmar ahnte, was er meinte und nickte. »Danke, mir geht es besser.«

Sein Gegenüber schien mit seiner Antwort zufrieden zu sein. Jedenfalls erhob er sich, wischte die feuchten Hände an seiner Hose ab, und sah sich suchend um. Ottmar folgte seinem Blick und fragte sich, in welche Zeitepoche sie der Schrank diesmal gebracht haben mochte.

Vor ihnen fiel Sonnenlicht durch das Dach der Blätter auf eine runde Lichtung. Sie sah ähnlich aus wie die, auf der sie ihr Lager aufgeschlagen hatten. Nur gab es hier weder Zelte noch Professor Stemmers SUV oder dessen Wohnwagen. Auch der schmale Feldweg fehlte. Wo waren sie gelandet und vor allem wann? Er versuchte sich zu erinnern, wie ihre Lichtung ausgesehen hatte, aber für ihn sahen alle Waldlichtungen gleich aus. Was sollten sie jetzt machen? Wieder in den Schrank steigen und erneut durch die Zeit reisen? Alleine der Gedanke, dass es sie wieder ans Ende aller Zeiten verschlagen könnte, verursachte ihm Übelkeit. Nein, freiwillig würde er nie wieder in den Schrank steigen, auch nicht, wenn er sich im tiefsten Mittelalter befand.

Ottmar ergriff die ausgestreckte Hand des Schreiners und ließ sich auf die Beine ziehen. Kurz überkam ihn ein Schwindelgefühl und er lehnte sich gegen einen Stamm. Brunhard stampfte durch das Feld aus Farnen zu einer der Eichen hinüber, legte beide Handflächen und sein Ohr an den Stamm und lauschte mit geschlossenen Augen, wie er es schon im Inneren des Schrankes gemacht hatte.

Ottmar sah ihm zu. Was erwartete er? Dass der Baum ihm verriet, in welcher Zeit sie gelandet waren?

Brunhard löste sein Ohr vom Stamm und ging zu einem anderen Baum hinüber. Als sich auch dieser weigerte, mit ihm zu sprechen, verzog er verärgert das Gesicht.

Er sagte etwas Unverständliches, das in Ottmars Ohren einem Fluch sehr ähnlich kam. Mit einer Mischung aus Resignation und Enttäuschung im Blick schaute er zum Schrank hinüber.

Kategorisch schüttelte Ottmar den Kopf. »Da steige ich nicht wieder ein!«, sagte er.

Der Schreiner schien ebenfalls nicht wild darauf zu sein, wieder durch die Zeit zu reisen, denn er drehte sich nach einem kurzen Moment des Überlegens um und marschierte tiefer in den Wald hinein. Ottmar löste sich vom Stamm und folgte ihm. »Wir sollten uns vielleicht nicht so weit vom Schrank entfernen, bevor wir nicht wissen, in welcher Zeit wir gelandet sind«, warf er ein.

Sein Gegenüber brummte etwas, das eine Ablehnung oder eine Zustimmung hätte sein können. Da er aber keine Anstalten machte, stehenzubleiben, war es wohl eher Letzteres. Ottmar beeilte sich, zu ihm aufzuschließen.

Eine Weile gingen sie schweigend nebeneinander her. Dann fing Brunhard an zu erzählen und obwohl Ottmar ihn nur verständnislos anschaute, hörte er nicht mehr auf. Anscheinend wollte er jemandem berichten, was geschehen war, auch wenn dieser Jemand nichts davon verstand.

Nachdem sie einem Wildpfad gefolgt waren, hörte Ottmar das Geräusch eines Wasserfalls. Wieder trafen sie auf den Bach, der hier noch die Breite eines Flusses hatte. Dann kamen sie erneut an eine Lichtung. Vor ihnen speiste ein zwanzig Meter hoher Wasserfall einen kleinen See in der Tiefe.

Ottmar erinnerte sich, dass ein paar der Studenten zu Sonderschichten eingeteilt worden waren, nachdem Professor Stemmer sie beim Baden erwischt hatte.

Brunhard blieb stehen und hob etwas auf. Ottmar ging zu ihm hinüber und sah, dass er einen weißen Sportschuh in der Hand hielt. Es war ein linker Schuh der Marke Asics und er schien erst seit Kurzem hier zu liegen. Also waren sie doch nicht im tiefsten Mittelalter gelandet.

»Keine Bewegung!«, befahl plötzlich eine Stimme. Als sie sich umdrehten, sahen sie einen schwarzgekleideten Mann mit Halbglatze und Oberlippenbart, der sie mit einer Waffe bedrohte.

Ottmar erkannte ihn. »Onkel Otto?«

Er hatte Otto Muthmann auf seiner Verlobungsfeier kennengelernt und mit ihm eine Flasche Tequila nach der anderen geleert. Damals hatte er angenommen, Onkel Otto wäre über die Hierarchie innerhalb der Familie genauso frustriert wie er.

Otto setzte ein zerknirschtes Lächeln auf. »Nimm es nicht persönlich, aber wenn ich Wilhelmine nicht deinen Kopf bringe, holt sie sich meinen.«

[…] Experten der Uni Bochum haben bei einer Pressekonferenz ihre Theorie erläutert, dass die in Duisburg aufgetauchten drei »Neandertaler« höchstwahrscheinlich schon seit längerer Zeit in den Wäldern östlich der Stadt lebten. Es soll sich um Aussteiger handeln, die das moderne Leben ablehnen und sich in ihre Rollen so sehr hineingesteigert haben, dass sie sehr überzeugend kein Wort Deutsch mehr verstehen […]

Stefan Lasche ließ die Zeitung sinken und seufzte. Diese sogenannten Experten hatten keine Ahnung, wie sie die Zeitreisenden erklären sollten, ohne der Bevölkerung mitzuteilen, dass etwas völlig Unmögliches geschehen war.

Tatsächlich war auch Lasche über das Auftauchen der Neandertaler mehr als irritiert. Er tippte nervös mit den Fingern auf die Tischplatte und starrte nachdenklich die Regentropfen an, die außen an seiner Fensterscheibe runterliefen. Soweit er wusste, konnte man mit dem Schrank nur in die Vergangenheit reisen, aber nicht in die Zukunft. Anders ausgedrückt: Ein Zeittunnel ließ sich nur von später nach früher aufbauen. Zwar war es möglich, den Tunnel kurzzeitig aufrecht zu erhalten, wenn man die Türen nicht schloss, und so konnten auch Personen oder Dinge den entgegengesetzten Weg nehmen. Das war die einzige Erklärung für das Auftauchen der Neandertaler – aber ausgerechnet hier, ausgerechnet jetzt?

»Worüber denkst du nach?«, fragte Anja, die im Schneidersitz auf Lasches Bett saß und einen Notizblock mit einem hübschen Pferdefoto vorne drauf schwenkte.

»Du bist ja immer noch da«, brummte Lasche. »Musst du nicht Hausaufgaben machen oder so?«

»Es sind Ferien«, versetzte Anja, »und das weißt du ganz genau. Ferien sind furchtbar langweilig, wenn man nicht in Urlaub fährt.«

»Ja, ich weiß, und das können deine Eltern nicht, wegen der Pension …«

»… die man schlecht ausgerechnet im Sommer dichtmachen kann, genau.«

»Duisburg ist hier in den Achtzigern ein einmaliges Reiseziel«, entgegnete Lasche, wobei Sarkasmus aus seiner Stimme tropfte wie Tachyonensirup aus einer lecken Zeitmaschine.

»Eigentlich ist der Schrank ja eine Art Fahrstuhl«, sagte Anja unvermittelt. »Er existiert in verschiedenen Zeiten an verschiedenen Orten, aber das Innere ist verbunden. Wie ein Fahrstuhlschacht.«

»Ganz so ist es nicht, und die Knöpfe mit den Nummern für die Stockwerke sind ziemlich gut versteckt, aber wenn du so willst …«

Anja tat so, als wäre ihr Notizblock ein Lift und hielt ihn auf Kopfhöhe. »Hier bist du eingestiegen, also in Stockwerk 2022. Du hast den Knopf mit der 1985 gedrückt und bist hier rausgekommen.« Anja ließ den Notizblock auf Bauchhöhe sinken. »Und zwar im Schlafzimmer dieser Frau Sowieso, der der Schrank eben derzeit gehört. Vermutlich versucht sie demnächst, das unheimliche Möbelstück zu verkaufen, so wechselt es den Besitzer, und irgendwann, also 2022, gehört es dir.«

Lasche rieb sich die Stirn. »Ja, und?«

»Jetzt hast du Angst, dass deine Ehefrau dir folgt.«

»Wie bitte?« Lasche entgleisten die Gesichtszüge. »Wie kommst du denn … ich meine … ich habe sie nie erwähnt, oder?«

Feixend freute sich Anja über ihren offensichtlichen Volltreffer. »Du trägst einen Ehering, und womöglich bist du nicht nur vor deinen komischen sogenannten sozialen Netzdingsdas geflohen, sondern auch vor ihr.

Mein Papa ist auch mal weggerannt, aber nach zwei Wochen ist er von alleine wieder aufgetaucht.«

»Einfach so?«

Anja wackelte mit dem Kopf. »Ihm ist wohl die frische Wäsche ausgegangen. Ich weiß es nicht genau, ist ein Tabuthema in unserer tollen Familie.«

»Es war … alles ziemlich schwierig«, sagte Lasche tonlos. »In meiner Zeit trennt man sich leichter als in deiner. Meine Frau und ich leben schon länger getrennt.«

»Schon länger? Das heißt, du weißt, wie man Wäsche wäscht?«

»Ja, das weiß ich.«

»Donnerwetter.«

Lasche stöhnte und fing an, im Zimmer auf und ab zu gehen. Das Thema war ihm unangenehm, aber wilde Theorien über den Schrank anzustellen, konnte ihn im Moment auch nicht beruhigen. Wenn entgegen seiner bisherigen Vermutung auch andere Personen in der Lage waren, den Schrank zu benutzen, war es nur eine Frage der Zeit, bis sein ruhiges Leben hier in den Achtzigern schon wieder vorbei war. »Was soll ich denn machen? Der Besitzerin ihren Schrank abschwatzen, ihn auf die Straße tragen und anzünden?«

»Was dann wohl passiert …?«, überlegte Anja laut. »Ob man dann nur noch in die – von hier aus gesehen – Vergangenheit reisen kann? Oder ob der Schrank in der Zukunft auch überall in Flammen aufgeht?«

»Zerbrich dir nicht den Kopf«, sagte Lasche und blieb stehen. Abwehrend hob er die Hände. »Letzteres bestimmt nicht. Die Zeitlinien sind unabhängig. Wie Äste eines Baums.«

»Was heißt das nun wieder?«

»Ich hatte mir Unterlagen über historische Fußballergebnisse mitgebracht, um hier beim Tippspiel Geld zu machen. Aber Pustekuchen.«

»Pustekuchen?«

»Hat nicht funktioniert, die meisten Spiele sind anders ausgegangen. Das heißt, dass das hier ein anderes 1985 ist als das, das ich erlebt habe. Was höchstwahrscheinlich die Tatsache einschließt, dass es hier keine jüngere Version von mir gibt.«

Anja knetete ihre Füße. »Sobald man den Schrank verlässt, ist alles anders?«

»Hör zu«, sagte Lasche, »dir ist langweilig, du bist neugierig, ich bin ein Zeitreisender und habe das Gefühl, durchzudrehen.«

»Es gibt doch die Reisekrankheit«, sagte Anja. »Vielleicht gibt es auch eine Zeitreisekrankheit.«

»Du meine Güte«, entfuhr es Lasche, »ich bin verloren.«

»Hoffentlich ist das nicht ansteckend«, sagte Anja und kicherte.

Lasche stöhnte und sah zur Decke. »Du gibst erst Ruhe, wenn du den Schrank gesehen hast, oder?«

Anja nickte energisch.

»Also gut«, sagte Lasche. »Ich denke, ich finde den Weg zu dem Haus, in dem ich aufgetaucht bin.«

»Die Neandertaler möchte ich auch kennenlernen.«

»Erinnere mich bloß nicht an die.«

Anja sprang auf. »Also los!«

»Muss das sofort sein?«

»Es ist Mittwochnachmittag und schlechtes Wetter. Die meisten Leute sind daheim. Und du willst doch nicht bei der armen Frau einbrechen, oder?«

»Vielleicht lässt sie mich gar nicht rein.«

»Uns«, korrigierte Anja.

Eine knappe Stunde später waren die beiden per Bus und Straßenbahn zu der Straße gelangt, in der Stefan Lasche vor einer gefühlten Ewigkeit in die Achtziger zurückgekehrt war.

Ermutigt durch Anjas fröhliches »Los jetzt, was soll schon schiefgehen, es ist doch nur ein alter Schrank!«

drückte Lasche den Klingelknopf neben dem ordentlich gravierten Schild »Richter«.

»Ist keiner da«, sagte Lasche, aber er hatte sich zu früh gefreut, denn gerade, als er sich auf dem Absatz umdrehen wollte, summte das Türschloss.

»Mist«, sagte Lasche, als Anja die Tür aufdrückte.

»Erster Stock?«, fragte Anja, und Lasche nickte.

»Aha«, sagte Frau Richter statt Begrüßung. »*Sie.*«

»Äh, es tut mir leid, Frau, äh, Richter … ich störe nur höchst ungern …«

»Erneut.«

»… erneut, ja …«

»… aber«, ergriff Anja das Wort, »können wir uns Ihren Schrank ansehen?«

Frau Richter rückte ihre Brille zurecht und gaffte Anja an. »Junges Mädchen, Sie haben sich eine gefährliche Bekanntschaft angelacht, das will ich Ihnen nur mal sagen.«

»Er ist harmlos«, sagte Anja fröhlich.

»Na, wenn Sie das sagen.« Nach einem Seitenblick auf Lasche winkte Frau Richter. »Kommense schon rein. Aber Schuhe abputzen. Ich habe gerade erst gesaugt. Sie kennen ja den Weg.«

»Vielen Dank«, sagte Anja. Dann schob sie Lasche in die Wohnung.

Der trottete unglücklich Richtung Schlafzimmer. Frau Richter war alleine zuhause, ihr Mann mutmaßlich bei der Arbeit.

Wie sich herausstellte, hatte Frau Richter den Schrank mit einer schweren Kette umwickelt, die mit einem Vorhängeschloss gesichert war.

»Ah«, sagte Lasche, »Sie gehen auf Nummer sicher.«

»Junger Mann«, erklärte Frau Richter, die Anja und Lasche gefolgt war, »wenn Ihnen dauernd fremde Leute durchs Schlafzimmer laufen würden, würden Sie sich auch irgendwas überlegen.«

»Ehrlich gesagt weiß ich gar nicht, was wir hier wollen«, brummte Lasche und warf Anja einen langen Blick zu. Ja, was wollte er hier? Sicher keine erneute Reise antreten. Der Weg in seine alte Zukunft war höchstwahrscheinlich ohnehin keine Option. Und was sollte er in der Vergangenheit anfangen? Vielleicht hätte er noch einmal zum 27. April reisen können, um eine neue Zeitlinie auszuprobieren – eine, in der er tunlichst in einer anderen Pension abstieg, am besten sogar in einer anderen Stadt. Allerdings hatte er seinen Koffer nicht dabei, also verwarf er den Gedanken.

»Ich würde ja schon gerne mal einen Blick hinein werfen«, sagte Anja, nachdem sie die Gemälde mit den blauen Schmetterlingen bewundert hatte, die an den Wänden hingen.

Frau Richter schaute sie an. »Mädchen, da drin sind bloß Blusen, Röcke, Strumpfhosen und Dinge, die dich in deinem Alter nicht zu interessieren haben.«

»Aber …«

Lasche unterbrach sie. »Wir sollten vielleicht wieder gehen, Frau Richter. Entschuldigen …«

»Warte!«, rief Anja und legte einen Finger an die Lippen. »Hast du das gehört?«

Lasche hielt die Luft an.

Jemand klopfte von innen an die Schranktür.

»Ach du Scheiße«, sagte Lasche.

»Jetzt geht das schon wieder los«, sagte Frau Richter. »Ich geh' den Schlüssel holen. Und 'nen Besen.«

»Hurra!«, rief Anja. »Wer das wohl sein mag?«

»Hallooo!? Wieso geht die verdammte Tür nicht auf …«, ertönte es gedämpft aus dem alten Kleiderschrank.

Verzweifelt hielt sich Lasche die Hände vors Gesicht. Am liebsten wäre er schnell weggerannt.

Denn er kannte diese Stimme.

Wilhelmine saß unter dem Vordach des Wohnwagens und nippte an einer Tasse Tee. Professor Stemmer schob ihr den Teller mit den Keksen hinüber. »Greifen Sie zu. Es sind genug da. Ich habe mich vor der Abreise in Deutschland reichlich mit ihnen eingedeckt.«

Wilhelmine nahm etwas Gebäck mit Schokoladenüberzug.

Seit sie dem Professor ihre Version der Geschichte erzählt und behauptet hatte, dass sie eine der Förderinnen des Forschungsinstituts war, hatte sich sein Verhältnis ihr gegenüber gebessert. Was nicht für seine Doktoranden und Studenten galt, die einige Meter entfernt in der Mitte des Lagers um ein Feuer herumsaßen und sie mit finsterem Blick anstarrten.

Vor gerade einmal zwei Stunden hatte Wilhelmine mit Mitgliedern ihrer Familie das Lager gestürmt und mitangesehen, wie Ottmar in den Schrank geklettert und mit ihm verschwunden war. Seitdem suchten sie die Umgebung nach ihm ab.

Wilhelmine hatte von den zeitreisenden Schränken gehört, sie aber für Unfug gehalten. Selbst einen in Aktion zu sehen, änderte ihre Meinung und ihren Plan. Es hatte eine Zeit gegeben, da hätte Wilhelmine mit Ottmar, dem Professor und seinen Begleitern kurzen Prozess gemacht. Heutzutage konnte sie sich so ein Vorgehen nicht mehr erlauben. Dazu stand sie zu sehr in der Öffentlichkeit. Außerdem war es unnötig.

»Ich möchte mich für den Überfall auf Ihr Lager entschuldigen, aber ich vergewissere Ihnen, dass Sie und Ihre Mitarbeiter zu keiner Zeit in Gefahr waren. Es ging uns nur um Ottmar.«

Der Professor griff nach einem Keks mit Zuckergussüberzug, biss aber nicht ab. Ein schiefes Lächeln legte sich auf sein Gesicht. »Ich verstehe, warum Sie so aufgebracht waren. Vergessen wir einfach Ihren Auftritt.«

Sie sah ihm an, dass seine Antwort anders ausgefallen wäre, hätte sie ihm nicht erzählt, dass sie das Institut finanziell unterstützte. Was nur zum Teil stimmte. Die Unterstützung war ausschließlich bei einer der Bürokräfte gelandet, die ihr verraten hatte, dass Ottmar, der Professor und dessen Mitarbeiter in Frankreich zu finden sein würden.

Das Funkgerät an ihrem Gürtel knackte. Otto Muthmann meldete, dass er Ottmar und eine weitere Person gefunden hatte.

Kurz darauf trafen sie im Lager ein.

Wilhelmine konnte nicht glauben, was sie sah. Ottmar hatte noch nie viel Wert auf seine Kleidung gelegt, doch was er jetzt trug, war ein Angriff auf ihre Augen. Wie hatte Konstanze sich nur in diesen Clown verlieben können? Sie hätte jeden haben können, die Söhne reicher Geschäftspartner, Filmstars und doch entschied sie sich für diesen mittellosen Versager. Aber wahrscheinlich war das wieder eine ihrer Trotzphasen. Die hatte sie als Kind schon gehabt. Wenn ihre Eltern wollten, dass sie ein weißes Kleid trug, musste es ein schwarzer Hosenanzug sein. Wie oft hatte Wilhelmine ihrer Tochter eingetrichtert, Konstanze strenger zu erziehen. Ohne Erfolg. Und das hatten sie jetzt davon.

Otto brachte Ottmar und dessen Begleiter zu ihr. Den Mann an seiner Seite kannte sie nicht. Er wirkte wie einer der Aussteiger, die meinten, ohne die Annehmlichkeiten der Zivilisation auskommen zu können.

Wilhelmine sah, wie Ottmar kurz zu den übrigen Studenten hinüberschaute. Dann blickte er den Professor an und schließlich mit unverhohlener Angst sie.

Professor Stemmer stand auf. »Ottmar, ich bin entsetzt über Ihr Verhalten! Wie konnten Sie nur?«

Ottmar schaute verblüfft. »Aber ... ich verstehe nicht ...« Sein Blick wanderte wieder zu Wilhelmine hinüber. »Was hat Sie Ihnen erzählt? Glauben Sie ihr kein Wort. Sie ist eine Meisterin der Manipulation.«

»Dann stimmt es also nicht, dass Sie die Nichte von Frau Großenberg vor der Hochzeit haben sitzen lassen? Dass Sie einfach durch ein Fenster geklettert und abgehauen sind?«

»Doch«, musste Ottmar zugeben, »aber ganz so war ...«

»Und es stimmt auch nicht, dass Sie eine Hochzeitsfeier mit mehreren hundert Gästen haben platzen lassen? Und auf keinen Anruf Ihrer Verlobten reagieren?«

Ottmar schwieg.

»Du hast Konstanze das Herz gebrochen und mich zum Gespött der Leute gemacht. Von den Kosten der Hochzeitsfeier will ich gar nicht sprechen«, sagte Wilhelmine und war überrascht, als Ottmar es schaffte, wütend zu nicken. »Doch, das stimmt alles, aber es war nicht so, wie sie sagt. Es war ...« Er suchte nach Worten, »... anders!«

»Selbst wenn Sie für das alles einen guten Grund haben«, sagte der Professor mit frostiger Stimme, »entschuldigt das nicht den Diebstahl der Brosche.«

Ottmar riss die Augen weit auf. »Welche Brosche?« Sein Blick traf erneut Wilhelmine. »Oh, ich verstehe, jetzt versuchst du mir, einen Diebstahl anzuhängen.«

»Sie können es ruhig abstreiten, aber wir haben die Brosche in Ihrem Zelt gefunden«, sagte der Professor.

Wilhelmine nahm das Schmuckstück aus der Tasche und legte es vor Ottmar auf den Tisch. »Wenn es nicht ein altes Erbstück gewesen wäre, hätten wir dich gehen lassen.«

»Seien Sie froh, dass Frau Großenberg nicht die Polizei informiert, sondern selbst nach Ihnen gesucht hat.«

»Aber, das versucht sie mir nur anzuhängen. Ich habe nichts gestohlen!«, verteidigte sich Ottmar.

»Darf ich kurz mit dem Verlobten meiner Nichte unter vier Augen sprechen?«, fragte Wilhelmine.

Professor Stemmer nickte und erhob sich. »Es wird sowieso Zeit, dass meine Mitarbeiter wieder an die Arbeit gehen, jetzt, wo wir eine Person weniger sind.« Er warf Ottmar einen zornigen Blick zu.

Wilhelmine wartete, bis der Professor außer Hörweite war.

»Setz' dich hin!«, befahl sie und deutete auf den nun freigewordenen Platz.

Widerstrebend gab Ottmar nach.

»Hast du wirklich geglaubt, du kannst der Familie entkommen? Wenn Konstanze nicht so vernarrt in dich wäre, würdest du schon lange nicht mehr leben.«

Ottmar wurde blass. »Ich komme trotzdem nicht mit dir zurück. Ich werde Konstanze auf keinen Fall heiraten!«

Sie lachte leise. »Denkst du wirklich, ich bin hier, um dich wieder nach Hause zu holen? Ich bin doch froh, dass du die Hochzeit hast platzen lassen. Wie kannst du ernsthaft glauben, dass ich dich in unserer Familie dulden würde? Einen Versager?«

»Aber ... warum hast du mich dann suchen lassen? Die Brosche habe ich nicht gestohlen.«

»Ich weiß, die hat Onkel Otto in deinen Sachen versteckt.«

»Dann lass mich doch einfach in Ruhe!«

»Das würde ich ja, wenn ich sicher wäre, das du nicht irgendwann reumütig zu Konstanze zurückkehrst und dann doch Teil der Familie wirst.«

Ottmar zuckte zusammen, als er ihre Worte begriff. »Also willst du mich doch töten lassen?«

»Besser, ich werde verhindern, dass du je geboren wurdest. Dann hat es nie eine Hochzeit gegeben, du hast mich nicht vor meinen Geschäftspartnern blamiert oder Konstanze das Herz gebrochen.« Sie beugte sich zu Ottmar hinüber. Der Klang ihrer Stimme veränderte sich: »Du wirst mir den Schrank zeigen und mit mir zurückspringen, bevor deine Eltern sich getroffen haben.«

Für einen Moment schwieg Ottmar verblüfft. Dann brach er lautstark in Gelächter aus. »Das ist doch Schwachsinn! Jeder weiß, dass es kein Zeitparadoxon geben kann. Wie soll das auch funktionieren? Man kann das, was einmal geschehen ist, nicht ändern. Abgesehen davon habe ich keine Ahnung, woher du eine Zeitmaschine nehmen willst.«

Sie verschränkte die Finger und sagte mit lauernder Stimme: »Lass uns doch einfach den Schrank nehmen, mit dem du vorher entkommen bist.«

»Ich habe keine Ahnung, wovon du sprichst.«

»Du warst nur zwei Stunden weg, siehst aber aus, als ob du eine wochenlange Expedition hinter dir hättest. Deine Kleidung ist zerrissen und voller Sand, du hast Schürfwunden an Beinen und Stirn. Außerdem ist da noch dein Begleiter, der anscheinend aus einer anderen Zeit stammt und kein Wort versteht.«

Ottmar presste die Lippen zusammen.

»Und wenn du hier Nachrichten empfangen könntest, wüsstest du, dass es noch mehr Schränke gibt. Die Gerüchte über sie überschlagen sich.« Sie starrte ihn an wie eine Kobra, die eine Maus fixierte. »Deshalb bin ich mir sicher, dass du mit dem Schrank durch die Zeit gereist bist und du wirst mich mit ihm in die 50er Jahre bringen, zurück, bevor sich deine Eltern kennenlernen konnten!«

Irgendwo hupte ein Auto. Irgendwo sang jemand. Es regnete, und irgendwo im Möbellager war die Decke undicht.

Tropfen bildeten eine Pfütze, und Lucia versuchte, diese mit ihren Tränen nicht noch zu vergrößern.

»Wir haben ihn zurückgelassen«, flüsterte sie.

»Das hätte nicht passieren dürfen«, sagte Jules Verne. »Letztlich aber hat er sich selbst zuzuschreiben, was passiert ist.«

»Wir müssen irgendwie wieder zu ihm!«, sagte Lucia.

»Wenn ich Ihre früheren Ausführungen richtig verstanden habe, ist das unmöglich.« Der Schriftsteller setzte sich auf einen Hocker, der zwischen anderen Möbeln in dem kalten Gemäuer auf neue Besitzer wartete. Nach dem Besuch in der tiefsten Vergangenheit hatte sie der Zeitschrank hierher gebracht – hierher, ins Berlin der goldenen Zwanziger, was sie anhand eines in einem Büroverschlag aufgehängten Kalenders schnell herausgefunden hatten.

Der Schrank war damit zum ersten Mal aufwärts in der Zeit gereist. Aber nur ein kleiner Teil von Lucias Denken beschäftigte sich mit dieser Feststellung. Der Rest war vollauf damit ausgelastet, Francis Edmonton zu vermissen. Meine Güte, es hatte nicht viel gefehlt und sie hätte sich in den englischen Gentleman verliebt!

»Ist doch längst passiert«, kommentierte eine auf Sarkasmus spezialisierte Windung ihres Hirns.

Lucia schüttelte den Kopf. »Was machen wir hier bloß«, flüsterte sie. »Wir bringen unschuldige Zeitlinien durcheinander, bloß um irgendeinen Roman darüber zu schreiben.«

»Ich muss doch sehr bitten«, sagte Verne. »Das wird nicht irgendein Roman. *Reise durch die Zeit in 80.000 Jahren*! Ganze Generationen von Lesern werden diese Geschichte kennen.«

»Wenn es Ihnen gelingt, zurückzukehren. Sie haben da noch eine Wette am Laufen. Und wir wissen immer noch nicht, wie man den Schrank richtig steuert.«

»Vielleicht kann ich dabei helfen«, mischte sich eine fremde, hohe Stimme ein.

Das Licht ging an.

Verne und Lucia sprangen auf. Eine kleine, schmale Person näherte sich aus Richtung des Büroverschlags. Geblendet vom Licht, versuchte Lucia zu erkennen, wer da auf sie zu kam.

»Bonsoir. Ich bin …«, sagte Verne auf Französisch, weil er kein Deutsch konnte.

»Halten Sie die Klappe«, unterbrach die Person. »Oder ich rufe die Polizei, schließlich seid ihr Einbrecher.«

»Du bist ein Mädchen«, stellte Lucia fest.

»Überrascht?« Die vielleicht Vierzehnjährige mit dunklen, zu einem Nest geflochtenen Haaren schnaubte. »Das Lager hat meinem Vater gehört.«

Lucia begriff sofort. »Und er ist …?«

»Im großen Krieg gestorben. Ich kümmere mich jetzt um alles. Auch um euren Schrank.«

»Du …« Lucia zögerte. »Du weißt, dass das ein besonderer Schrank ist?«

»Sicher. Wer sich seit seinem ersten Lebensjahr in Möbelstücken versteckt, um einer Tracht Prügel zu entgehen, oder später den Beamten, die einen in ein Waisenhaus stecken wollen, dem fällt sowatt ziemlich schnell auf.«

»Wie heißt du?«, fragte Lucia. Sie hatte keine Ahnung, ob der Franzose der Unterhaltung folgen konnte, jedenfalls hörte er aufmerksam zu.

»Lena«, sagte das Mädchen einsilbig und spähte in den Schrank.

»Du … hast den Schrank benutzt?«, fragte Lucia leise.

»Klar. Am liebsten besuche ich die Dinosaurier. Die sind beeindruckend, und es gibt da keine Menschen. Die Eiszeit ist hingegen etwas langweilig.«

Lucia holte tief Luft. »Du kannst also auch wieder zurück reisen? Hierher, meine ich?«

»Sicher. Ich muss mich doch um das Geschäft kümmern.«

»Natürlich«, sagte Lucia.

»Und wo genau kommt ihr her?«

»1870«, sagte Lucia schnell. »London.« Es erschien ihr aus irgendeinem Grund ungünstig, Lena zu verraten, dass sie aus der Zukunft kam, und gelogen war es ja auch nicht.

»Aber dein Mann ist Franzose, kein Engländer. Und du sprichst perfekt Deutsch.«

»Er ist nicht mein Mann«, beeilte sich Lucia zu versichern. Sie warf Verne einen Blick zu. Der Schriftsteller grinste. Womöglich verstand er mehr, als sie gedacht hatte. »Es ist kompliziert«, fügte sie hinzu und fand, dass sie damit kein bisschen übertrieb.

Lena zeigte nach hinten. »Reden wir im Büro weiter? Es gibt auch Schnaps. Und ein Sofa.«

Sofas gab es natürlich auch hier in der Lagerhalle, und Schnaps war jetzt sicher nicht die beste Idee, aber Lucia nahm die Einladung gerne an.

Kurz darauf saßen sie und Jules Verne ziemlich steif nebeneinander auf einem reichlich durchgesessenen blauen Samtsofa, während Lena Schnapsgläser hervorholte, einschenkte und sich dann auf den Schreibtisch setzte. »Mein Papa hatte keine Ahnung, was es mit dem Schrank auf sich hatte.«

»Und wie hast du es rausgefunden?«

Lena leerte ihr Schnapsglas. »Ich spielte immer für mein Leben gern Verstecken. Na ja, ehrlich gesagt war es das einzige Spiel, in dem ich einigermaßen gut war. Einmal blieb ich in meenem Versteck – dem Schrank – bis Mama und Papa mit Streiten fertich waren. Ich hatte eine kleine Lampe dabei und ein Buch. Es dauerte und dauerte. Ich hatte das Buch irgendwann durch und sie stritten immer noch.« Lena schenkte Schnaps nach. Lucia überlegte, ob sie das Mädchen stoppen sollte, entschied sich aber dagegen.

»Dann fielen mir die Kratzer innen im Schrank auf, die in Wirklichkeit Muster waren. Zeichen. Eine Schrift, die ich nicht kannte. Und so klitzekleine Hebel. Zum Glück war ich schlau genug, mit dem Ruß der Lampe Markierungen anzubringen.«

»Schlauer als ich, Respekt«, sagte Lucia. Sie merkte, dass Jules Vernes Kopf gegen ihre Schulter sank. »So konntest du zurückkehren.«

»Ganz so einfach ist es nicht. Es gibt einen Hebel für rauf und runter. Und einen für die Jahre.«

»Das erklärt, wieso ich immer nur zurück gereist bin. Bis …« Lucia biss sich auf die Lippen. Dann hörte sie ein Geräusch. Nicht das Schnarchen des Franzosen, sondern etwas anderes. »Was war das?«

»Das Rumpeln?« Lena seufzte, knallte ihr Schnapsglas auf die Tischplatte und stand auf. »Randalierer. Betrunkene Idioten. Die gibt es übrigens in jeder Zeit.«

»Auch bei den Dinos?«

»Sicher«, sagte Lena trocken, öffnete eine Schublade und holte eine Pistole heraus. »Und sie sind immer männlich. Ich bin sofort zurück.«

Bevor Lucia etwas entgegnen konnte, lief Lena aus dem Büro.

Sanft schob Lucia den eingeschlafenen Schriftsteller zur Seite. Dann überlegte sie es sich anders und stand auf, wobei sie ihn aufs Sofa sinken ließ.

Sollte er doch seine Reise im Traum fortsetzen. Jedenfalls ohne sie. Sie hatte genug Vergangenheit für den Rest ihres Lebens. Lieber 21. Jahrhundert als das hier.

Lucia griff nach der kleinen Lampe auf dem Tisch. Nach einem letzten Blick auf Jules Verne lief sie zum Schrank hinüber.

Sie schob das Gepäck des Schriftstellers hinaus und schloss leise die Türen.

Der Richtungshebel musste ja noch richtig eingestellt sein auf »aufwärts«. Nur der Jahre-Hebel musste deutlich runtergeregelt werden, denn nach dem letzten Sprung über tausende Jahre aufwärts sollte jetzt nur noch ein kleiner Hüpfer folgen.

Notfalls würde sie mehrere kleine Abschnitte zurücklegen.

Aber immer nach oben. Hinauf in die Zeit.

Zurück in *ihre* Zeit.

»Süßer, kleiner Hebel«, flüsterte Lucia. »Bring mich heim!«

Ottmar kauerte in einer Ecke des Schranks und blickte in die Mündung der Waffe, mit der Onkel Otto ihn bedrohte. Neben ihm hockte der Schreiner, der die Situation eher neugierig als ängstlich betrachtete. Entweder kannte er keine Waffen und wusste nicht, in welcher Gefahr sie schwebten, oder er war die coolste Socke, die Ottmar je kennengelernt hatte.

Wilhelmine sah sich im Inneren des Schrankes um. Sie schien nach Steuerungs- oder Bedienelementen zu suchen. »Wo gibt man die Zielzeit ein?«

»Keine Ahnung«, antwortete Ottmar.

Sie wurde wütend. »Red' keinen Unsinn. Du bist mit dem Schrank verschwunden und kurz darauf in der gleichen Zeit wieder aufgetaucht. Du willst mir doch wohl nicht erzählen, dass das Zufall war.«

»Aber ...« Ottmar suchte nach Worten, die sein vorzeitiges Ableben verhindern würden.

Otto, der auf dem Boden neben Wilhelmine hockte, streckte sein Bein aus. Schmerzhaft verzog er das Gesicht. »Sag ihr endlich, was sie wissen will. Diese Position ist nicht gut für meine Arthrose.« Ein blauer Schmetterling hatte sich in den Schrank verirrt und Otto scheuchte ihn mit der flachen Hand hinaus. Er hob die Waffe, bis der Lauf auf Ottmars Stirn zeigte. »Wird's bald? Meine Geduld ist gleich zu Ende.«

Ottmar kaute auf seiner Unterlippe herum, als wäre sie ein zähes Stück Fleisch. Hilfesuchend schaute er hinaus, aber von Professor Stemmer und seinen Mitarbeitern konnte er keine Rettung erwarten. Selbst Ferdinand und Amelie schienen inzwischen der Meinung zu sein, dass er sich wie ein Schuft benommen hatte. Keiner sprach mehr darüber, was er alles hatte durchmachen müssen. Nun war es nur noch Konstanze, die unter seiner Flucht hatte leiden müssen. Vielleicht änderten sie ihre Meinung, wenn man seine Leiche irgendwo verscharrt unter einem Strauch fand. Wahrscheinlich waren sie schon wieder dabei, den restlichen Wald zu kartographieren und hatten ihn längst vergessen.

Wilhelmine riss der Geduldsfaden. »Erschieß seinen Freund!«, befahl sie und Ottmar richtete seine Waffe auf Brunhard.

Ottmar fuhr erschrocken zusammen. »Bitte, wir wissen wirklich nicht, wie man diesen Schrank bedient. Wir haben nur die Türen geschlossen und als wir sie wieder öffneten, waren wir in einer anderen Zeit. Ich habe keine Ahnung, wie man die Zielzeit einstellt.«

»Nun gut, dann schließ die Tür!«

Angesichts der Waffe, die nun wieder auf Ottmar gerichtet war, streckte er die Hand aus und zog die Türen zu.

Erneut hatte Ottmar das Gefühl, als würde er mitsamt Schrank im Boden versinken. Diesmal war die Reise noch turbulenter als beim letzten Mal. Sie wurden durcheinander gewirbelt, als wären sie Eiswürfel in einem Mixer. Oben wurde zu unten und unten war plötzlich über ihnen. Wilhelmine kreischte vor Überraschung und Otto ließ die Waffe fallen, um sich an den Wänden festklammern zu können.

Ottmar spürte, wie sein Magen rumorte. Wenn die Fahrt nicht bald endete, würde er den Schrank vollkotzen.

Als hätte eine göttliche Macht ein Einsehen mit ihm, stoppte die Bewegung des Schrankes mit einem heftigen Ruck. Ottmar lag bäuchlings auf den Beinen von Wilhelmine. Hinter ihm stöhnte Otto, der sich beide Knie hielt und am Kopf blutete.

Brunhard stieß die Türen auf und sprang aus dem Schrank. Dann packte er in Ottmars Kragen und zog ihn hinter sich her. Kaum lag er auf dem Boden, schlug er die Türen zu.

Otto schaffte es nicht mehr hinaus, bevor der Schrank erneut auf Reise ging. Ottmar starrte entsetzt auf die nun leere Stelle.

Dann spürte er Brunhards Hand auf der Schulter.

Er sah auf.

Seine Augen weiteten sich.

»Papa!«

»Lucia! Was machst du denn hier?«

»Hä?«, machte Anja. »Du hast eine Tochter?«

»Und wer ist *das*?«, keifte Lucia. »Du hast doch nicht etwa …«

»Guten Tag«, sagte Frau Richter, »möchten Sie vielleicht einen Keks?«

»Jetzt verstehe ich!« Lucia knallte sich die flache Hand vor die Stirn. »Das ist *dein* Schrank!«

»Ja, natürlich ist das mein Schrank«, sagte Lasche. »Die 1985-Version davon, die sich in der Wohnung von Frau Richter befindet.«

»1985?«, entfuhr es Lucia. »Ich bin immer noch in der scheiß Vergangenheit!«

»Das … kommt wohl drauf an, wo du vorher warst«, sagte Lasche und sah den Dreck an Lucias Klamotten.

»Gut, dann hole ich mal Kekse«, sagte Frau Richter. »Und Kaffee.«

»Also«, sagte Lasche, »wie kommst du in meinen Schrank?«

»Ganz einfach«, sagte Lucia und stach ihrem Vater den Zeigefinger in die Brust. »Nachdem du verschwunden warst und monatelang keine Spur zu finden war, dachte Mama, du bist mit irgendeiner Tinderella durchgebrannt. Sie hat deine Wohnung aufgelöst und ich bekam den Schrank für meine Studentenbude.«

»Wann war das … oder, besser, wann wird das sein?«
»Im Februar 2023.«

»Verstehe. Du hast also auch herausgefunden, wie der Schrank funktioniert … ich hätte das ahnen können, aber ich konnte den Mechanismus ja schlecht nach meiner Abreise lahmlegen.«

»Was machst du überhaupt … *hier*? Wo auch immer das ist«, wollte Lucia wissen. Ihre Augen blitzten.

»Duisburg«, sagte Anja. »Guck nicht so, es gibt Schlimmeres.«

Lasche räusperte sich nur und tat so, als interessiere er sich neuerdings für altmodische Muster von Baumwollbettwäsche.

»Er hatte genug von eurer Zukunft«, meldete sich Anja erneut zu Wort. »Ihr mit eurem kaputten Klima und so. Hier gefällt es ihm besser.«

»Ach ja?« Lucia zeigte Richtung Fenster. »Draußen qualmen tausend Schornsteine und *verursachen* das kaputte Klima! Papa, du glaubst doch nicht im Ernst, hier was daran ändern zu können?«

»Nein«, sagte Lasche kleinlaut. »Ich bin wirklich hierher geflohen. Ich wollte einfach meine Ruhe haben.«

»Vor Mama und mir?«, keifte Lucia. »Ich bin nicht durch die halbe Weltgeschichte gereist, um mir so einen Quatsch anzuhören!«

»So, es gibt Kekse und eine schöne Kanne Kaffee. Bitte nehmen Sie doch im Wohnzimmer Platz«, sagte Frau Richter. »Sie machen mir mit Ihren Schuhen den Schlafzimmerteppich schmutzig. Ich bin sicher, es gibt für alles eine logische Erklärung.«

Bei Keksen und Kaffee gelang es allen, sich zu beruhigen. Lucia erklärte, was sie von Lena im Berlin der Zwanziger über die Muster und Zeichen im Schrank erfahren hatte.

»Ich geh mal und guck mir das an«, sagte Frau Richter.

»Äh …«, machte Lucia. Ihr Vater sah der Frau nur wortlos hinterher.

Anja befeuchtete ihren Zeigefinger, um die letzten Krümel vom Keksteller zu wischen. »Wer hat diesen Schrank wohl gebaut?«

»Und: wann?«, ergänzte Lucia.

»Und warum?«, fügte Anja hinzu.

»Oh, das ist leicht«, sagte Lucia. »Fahrlässigkeit. Menschen tun vieles, ohne groß über die Folgen nachzudenken. Stimmt's, Papa?«

Lasche schloss die Augen. »Wer sagt denn, dass Menschen das Ding gebaut haben?«

»Hm«, machte Lucia und dachte an die Neandertaler. »Werden wir vermutlich nie erfahren.«

»Wollen wir das denn?«, sagte Lasche. »Ich nicht. Ich bin der Antiheld dieser Geschichte. Nicht der Draufgänger, der sich todesmutig dem Antagonisten in den Weg stellt, um die Welt zu retten.«

»Die ist eh verloren«, merkte Lucia an. »Bist du denn kein bisschen neugierig?«

Lasche verzichtete auf eine Antwort. Anja hingegen schnaubte. »Ich schon. Ich wette, es steckt etwas dahinter. Ein großes Geheimnis.«

»Ein *schreckliches* Geheimnis«, korrigierte Lucia mürrisch.

»Ja, genau!«, sagte Anja und klang begeistert.

»O je«, seufzte Lucia.

»Die Kekse sind ja alle«, sagte Frau Richter, die in diesem Moment aus dem Schlafzimmer zurückkam. »Ich packe uns ein paar ein. Und vielleicht ein paar Brote.« Damit verschwand sie in der Küche. Drei Augenpaare folgten ihren Schritten.

»Was hat die denn vor?«, fragte Anja.

»O je«, stöhnte Lucia und verbarg das Gesicht hinter den Händen.

»Hat sie etwa …«

Lasche fielen die Neandertaler wieder ein, die aus Frau Richters Schrank gekommen waren. Er gab ein schmerzvolles Geräusch von sich. Ihm tat es weh, den Helden spielen zu müssen. Er war glücklich und zufrieden hier in den Achtzigern. Gut, er vermisste ein paar Dinge, zum Beispiel frische Luft, Cola Zero und Internetpornos. Aber das Paradies gehörte nicht zum Lieferumfang des Lebens. Wunschlos glücklich waren vermutlich nur Popstars und weibliche Mücken nach dem Blutsaugen. Er war weder das eine noch das andere.

»So«, sagte Frau Richter, als sie mit einer Kühltasche aus der Küche kam. »Wir können dann.«

»O je«, sagte Lucia und konnte nicht aufhören, den Kopf zu schütteln.

»Also, was jetzt?!«, rief Anja und sprang auf.

»Ist so ähnlich wie ein Kreuzworträtsel«, sagte Frau Richter. »Ich hatte schon fast die Lösung, aber statt am Tag vor meiner Hochzeit bin ich bei diesen Neandertalern gelandet. Zum Glück hatte ich die Schranktür nicht geschlossen und ich konnte zurück. Sie haben vielleicht darüber in der Tagesschau gehört.« Sie marschierte mit ihrer Tasche Richtung Schlafzimmer.

»Sie hat ihn gefunden«, sagte Lucia leise.

»Wen?«

»Den dritten Hebel.« Lucia stand ebenfalls auf. »Er ist kleiner als die beiden anderen und zwischen den Inschriften versteckt.«

»Und das bedeutet …?«

»Nichts Gutes«, mischte Lasche sich ein und erhob sich umständlich.

»Ich habe ihn zufällig gefunden, bevor ich hierher kam«, erklärte Lucia. »Im Gegensatz zu den beiden anderen Hebeln hat Lena keine Markierungen angebracht. Lena kannte sich ziemlich gut mit dem Schrank. Besser als jede andere.«

Anja spähte ins Schlafzimmer, wo Frau Richter dabei war, einige Klamotten in eine Reisetasche zu stopfen. »Und das heißt?« Sie sah Lucia fragend an.

»Das heißt«, half diese, »dass dieser Hebel noch nie benutzt wurde.«

»Am besten belassen wir es dabei, wenn uns unser Leben lieb ist«, empfahl Lasche.

Kopfschüttelnd entgegnete Lucia: »Das können wir nicht tun, und das weißt du.«

Anja griff nach Lasches Hand. »Weil eine ordentliche Geschichte nicht einfach an dieser Stelle enden kann.«

Lucia nahm Lasches andere Hand. »Ich kenne einen Schriftsteller, der jetzt wissend nicken würde.«

»Kenne ich den auch?«

Lucia grinste. »Nicht persönlich. Aber vielleicht ändert sich das noch.« Aufmunternd zeigte sie Richtung Schrank. »Wollen wir?«

89. Tag-Nacht-Wechsel nach der Baumblüte,
»Ort, wo der gurgelnde Bach den Wald verlässt«.

Über dem Dorf schwebte das Raumschiff der Außerirdischen, so riesig, dass es den Tag verfinsterte. Kleinere Blöcke, mit Stacheln wie ein Igel bestückt, lösten sich von ihm und sanken langsam in die Tiefe. Kunodor hatte keinen Zweifel, dass sie Tod und Vernichtung bringen würden.

Aus einem der Häuser wagten sich ein paar Gestalten auf die Straße. Kunodor winkte und befahl ihnen, zu helfen. Diejenigen, die das Dorf noch nicht verlassen hatten, trugen an Holz heran, was sie finden konnten. Meinrich zeigte den Schnitzern, wie er den Ast hatte schweben lassen und Kunodor verwirbelte dessen Energielinien. Immer mehr Stämme erhoben sich in die Höhe und trieben hinauf zu dem fremden Raumschiff. Anfangs zerplatzten sie zu früh, doch nach ein paar Versuchen passte das Timing und die ersten Explosionen trafen die Unterseite des Schiffs. Ein Igelwürfel wurde getroffen und in der Luft geschreddert.

Obwohl Kunodors Leute alles an Holz heranschafften, was sie finden konnten, reichte es nicht aus. Das Raumschiff schwebte weiterhin unbeschädigt über ihnen.

Meinrich schwankte vor Erschöpfung. »Wir brauchen mehr Holz!« Friedemann Astritzer und die übrigen Schnitzer knieten neben ihm auf der Hauptstraße und bearbeiteten ohne Unterlass die Stämme.

Als der Vorrat in der Schreinerei aufgebraucht war, begannen die Lehrlinge damit, die Trümmer der zerstörten Häuser zu durchsuchen. Bretter, Stützbalken und sogar Tische und Stühle erhoben sich in die Luft und zerplatzten hoch über ihren Köpfen. Dem Mutterschiff der Außerirdischen konnten sie damit freilich nichts anhaben, aber die erste Angriffswelle aus Igelwürfeln zerplatzte, bevor sie Schaden anrichten konnte.

Doch der Vorrat an Holz war begrenzt und die Lehrlinge mussten immer längere Strecken zurücklegen, bis sie neue Hölzer fanden.

»Es kommen mehr!«, schrie jemand.

Kunodor schaute in die Höhe. An der Unterseite des Mutterschiffs öffneten sich drei Reihen von Luken und eine zweite Welle an Igelwürfeln fiel in die Tiefe. Er ließ den Hammer sinken. Erst jetzt spürte er die Verkrampfung in seiner Schulter, den stechenden Schmerz in seinem Handgelenk. Der Himmel verfinsterte sich vor herabfallenden Schiffen. Kunodor wusste, dass sie dieser Übermacht nicht gewachsen waren. Niemals würden sie genug Holz finden, um sie alle aufhalten zu können.

Ein Schnitzer nach dem anderen stellte seine Arbeit ein. Es war sinnlos. Die Lehrlinge schleppten noch heran, was sie finden konnten, aber jeder wusste, dass es nicht reichen würde.

Die ersten Igelwürfel schlugen auf dem Boden auf. Kunodor hatte erwartet, dass sie beim Aufprall wie reifes Obst zerplatzten. Stattdessen falteten sie sich auseinander, als wären es sich öffnende Blüten. Die Verwandlung dauerte einen Moment. Dann schoben sich an der Unterseite Räder heraus, bei anderen waren es Stelzen, und eine Armee aus hölzernen Kriegern kam auf sie zu.

Kunodor begriff, dass sie verloren hatten. Dieser Übermacht an Angreifern waren sie nicht gewachsen. Er drehte sich zu seinen Leuten herum. »Lasst alles stehen und liegen und lauft!«

89. Tag-Nacht-Wechsel nach der Baumblüte,
»Ort, wo der gurgelnde Bach den Wald verlässt«.

Etwas donnerte. Lucia sah nach oben. Staub rieselte ihr von der Decke des Schranks ins Gesicht.

»Was ist da draußen los?«, fragte ihr Vater.

»Krieg«, sagte Frau Richter und nickte wissend. »So klingt Krieg.«

»Dann will ich nicht da raus ...«, sagte Lasche.

»Wir müssen tun, was wir tun müssen«, fuhr ihm Frau Richter über den Mund. »Ist doch logisch.«

Sie stieß die Tür auf.

Die vier Menschen stiegen aus dem Schrank. Sie befanden sich in einem Holzhaus, das genau in diesem Moment einstürzte.

»Raus hier!«, schrie Lasche, um den Lärm zu übertönen.

Mit Anja und Lucia an beiden Händen stürzte er aus dem Zimmer, das dabei war, sich in einen Trümmerhaufen zu verwandeln.

Draußen stolperten alle drei und landeten auf dem Hosenboden. Am Himmel über den hölzernen Resten der Holzhütte schwebte ein Raumschiff.

»O nein«, entfuhr es Lucia.

»War ja irgendwie logisch«, sagte Annegret Richter, die ebenfalls nach oben schaute, mitten in den Trümmern stand und dabei Holzspäne von ihrem Koffer wischte.

»Wo sind wir nur gelandet?«, entfuhr es Anja.

»In der Zukunft«, sagte Lucia. »In dem beliebten Zeitstrahl mit der todbringenden Alien-Invasion.«

»Da!« Anja zeigte schräg nach oben. Eine Art Igelwürfel näherte sich kreischend im raschen Sinkflug. »Lauft!«

»Dort rüber!«, schrie Lasche und meinte eine niedrige Mauer.

Alle vier sprangen über die Mauer und gingen dahinter im Staub in Deckung.

Der Igelkubus krachte mitten in die Trümmerlandschaft und fing an, sich auseinanderzufalten und in eine Art dreibeinigen Kampfschemel zu verwandeln.

Lasche stieß ein Stöhnen aus. »Hölzerne Transformer«, brachte er hervor. »Ein außerirdischer Ikea-Alptraum!«

»Ihr Koffer steht auf meinem Fuß«, sagte jemand neben ihm. Er drehte sich um.

»Und wer sind *Sie*?«, fragte Frau Richter den Mann, der sich gerade bei ihr beschwert hatte. Er sah ziemlich mitgenommen aus in einem zerrissenen, orangefarbenen T-Shirt, weißen, abgelaufenen Turnschuhen und kurzen, roten Hosen. Neben ihm stand ein am ganzen Körper zitternder Kerl mit wirren Haaren, der unverständlich brabbelte.

»Ottmar Siebert ist mein Name«, erklärte der Mann. »Und das hier ist Brunhard Baumversteher. Er gehört im Gegensatz zu uns in diese Zeit.«

»Nennen Sie mich Annegret«, sagte Frau Richter und wandte sich an den anderen Mann. »Wissen Sie, was hier los ist?«

»Schon möglich«, half Ottmar aus. »Er versteht bloß leider unsere Sprache nicht.«

»Dann gehen wir vorläufig weiter von feindlichen Außerirdischen aus«, sagte Lasche. »Ich will zurück ins Jahr 1985!«

»Papa!« Lucia rappelte sich hoch, weil der Transformer weiterhin damit beschäftigt war, sich in irgendwas zu entfalten, das einem unfreundlichen Nussknacker auf drei Rädern ähnelte. »Wir müssen was unternehmen!«

»Zurück zu unserem Schrank und fliehen?«, schlug Lasche vor. »Tolle Idee, du und dein dritter Hebel!«

»Da kommt noch so ein Ding!«, rief Anja und zeigte Richtung Himmel. Tatsächlich krachte gerade ein weiterer Alien-Kubus in eine noch halbwegs intakte Häuserzeile, wie ein ungeschickt geworfener Würfel in die aufgestellten Figuren auf einem Mensch-ärgere-dich-nicht-Brett.

»Ihr habt einen Schrank?«, fragte Ottmar. »Bitte, bringt mich hin, ich will nach Hause!«

»Aber wo ist denn unser Schrank?«, fragte Anja. Sie drehte sich orientierungslos um sich selbst.

Sie hielt inne, als wenige Meter vor ihr mit einem hölzernen Plopp ein Schrank aus dem Nichts erschien, aus einem halben Meter auf den trümmerübersäten Boden knallte und knirschend zum Stehen kam.

Lucia kicherte. »Hast du übernatürliche Kräfte?«

Ihr blieb das Lachen im Hals stecken, als direkt neben ihr ein weiterer Schrank aus dem Nichts auftauchte und um ein Haar auf ihrem rechten kleinen Zeh landete.

»Das ist nicht unser Schrank«, keuchte Lasche.

Der Baumversteher brabbelte etwas Unverständliches.

»Ich glaube«, stieß Ottmar hervor, »jetzt ist das Universum vollkommen wahnsinnig geworden.«

»Endlich«, murmelte Lucia.

Knarrend und mit Dreibein-Tänzelschritt näherte sich der fertig transformierte Holz-Kampfroboter. Von der anderen Seite kam der zweite. Zwischen den beiden materialisierte ein weiterer Schrank aus dem Nichts.

»Wir sind verloren«, sagte Lasche.

Da flog die Tür des gerade aufgetauchten Schranks auf und heraus platzten riesige, blaue Schmetterlinge und erhoben sich in die Lüfte. Blaue Blitze flackerten über ihre Flügel, und Anjas Haare richteten sich elektrisiert auf.

»Was in aller Welt …«, entfuhr es Lucia.

»Da! Auf dem Schmetterling sitzt jemand!«, schrie Anja und zeigte nach oben.

»Ist doch logisch«, sagte Frau Richter zufrieden. »Kurz vor der Niederlage kommt immer die Kavallerie.«

Auch Brunhard Baumversteher sah nach oben.

»Das ist meine Tochter!«, stammelte er ungläubig. Und doch war sie es nicht. Zumindest sah sie nicht mehr so aus, wie vor ein paar Tagen. Sie war älter – viel älter.

Riette lenkte ihren Falter in seine Richtung. »Papa! Schön, dich zu sehen!«

»Wieso bist du so alt??«

»Das erzähle ich dir später«, rief Riette. »Jetzt schnapp dir einen Schmetterling und Attacke!«

Direkt neben Brunhard öffnete sich die Tür eines anderen Schranks und ein weiterer Schmetterling erschien. Er warf Brunhard einen aufmunternden Blick zu und zwinkerte.

Der Baumversteher reagierte automatisch. Er schwang sich auf den länglichen Körper des riesigen Insekts und spürte, wie der Boden unter ihm zurück fiel.

Fassungslos beobachtete Lasche, wie der Baumversteher auf einen der Schmetterlinge kletterte.

»Wer ist das?«, brachte Lucia hervor und starrte zu der schlanken Frau auf dem Insekt hinauf.

»Ich bin Riette, die Tochter des Baumverstehers«, rief sie auf Deutsch. »Jeder, der reiten kann, schnappt sich einen Schmetterling! Und wer nicht reiten kann, auch! Wir müssen die Erde retten!«

»Klar«, sagte Lucia, die sich an den Voltigierkurs erinnerte, den ihre Mutter ihr zum 7. Geburtstag geschenkt hatte.

»Ihr seid ja alle bescheuert«, kommentierte Ottmar, als jeder seiner Begleiter in Richtung eines der Tiere davonlief.

»Lasst uns die Welt retten«, rief Frau Richter und bestieg den nächstbesten Schmetterling. »Passen Sie auf meinen Koffer auf«, sagte sie zu Ottmar.

Während alle außer Ottmar auf Schmetterlinge kletterten, erklärte Riette: »Kurzfassung: Schmetterlinge mit fünfdimensionalen Flügeln legen Eier in feindliches Raumschiff, Holzwurmlöcher, Bumm!«

»Klingt logisch«, sagte Frau Richter. »Los geht's!«

Riette hob den Arm. »Mir nach! Teilt euch auf! Wir holen die Invasoren vom Himmel.« Sie lenkte ihren Schmetterling in Richtung des Alien-Raumschiffs.

Hinter ihnen tauchten weitere Schränke auf, aus denen noch mehr Schmetterlinge kamen.

Mit halsbrecherischem Tempo hoben sie ab und flogen dem feindlichen Raumschiff entgegen.

»Aufteilen!«, rief Riette von vorne.

»Rotes Team folgt mir nach links!«, bestimmte Frau Richter.

Lucia stellte fest, dass sie ein rotes T-Shirt trug und folgte Frau Richter. Sie sah sich nach den anderen um und schluckte, als der Schmetterling ihres Vaters verschwand und kurz darauf in einem Lichtblitz ein paar Meter weiter vorne wieder auftauchte. Seine Kleidung war jetzt voller Schnee, er schüttelte sich sichtlich irritiert Flocken aus den Haaren und schrie irgendwas von Zeithüpfern.

Ein Kettenblitz löste sich von den Fühlern eines Falters, sprang auf die Flügelspitzen seiner Nachbarn über, verstärkte sich und schlug in das Raumschiff ein. Eine Wolke aus Splittern wirbelte durch die Luft und ließ einen dunklen Strudel zurück, der zum Urknall führen mochte oder vielleicht auch nur zum letzten langen Wochenende. Die ersten Schmetterlinge landeten auf dem Raumschiff, bohrten ihre Hinterteile in das Holz und legten Eier ab.

Lucias Schmetterling geriet in den Sog des Strudels. Mit Funken sprühenden Flügeln drehte sich das Tier samt ihr um die eigene Achse. Sie krallte sich verzweifelt fest, um nicht zu stürzen. Mit einem Mal wurde es dunkel. Am Horizont ging die Sonne auf. Bevor Lucia begreifen konnte, was geschah, löste sich eine Kaskade von Blitzen von dem Raumschiff und schlug in einen Steinkreis unter ihr ein, der vorhin noch nicht dort gewesen war.

Im nächsten Moment knallte ihr wieder die Mittagssonne ins Gesicht, der Strudel schleuderte sie in die Luft und am Boden begrub gerade ein elektrischer Sandsturm eine große Pyramide unter sich.

Geblendet schloss sie die Augen. Ihr wurde übel von den ständigen Zeitsprüngen. Als sie sich wieder umschaute, sah sie unter sich die Trümmer der hölzernen Stadt, in der sie mit dem Schrank aus der Vergangenheit aufgetaucht war. Überall flogen Schmetterlinge und blaue Kettenblitze schlugen in das Raumschiff ein, das gerade versuchte, zu wenden.

Auch am Boden wurde heftig gekämpft. »Nimm dies!«, schrie Frau Richter und zerlegte mit einem Flügelstreich ihres Falters einen der Holz-Transformer.

Die Lehrlinge des Baumflüsterers gingen mit Äxten und Stühlen auf die übrigen Angreifer los. Und auch Bennehelm Dorfwache griff in den Kampf ein, wenn auch nur durch Anfeuerungsrufe an seine Mitstreiter.

Lucia sah, wie mit einem Male Wurmlochlarven aus den in die Raumschiffhülle gebohrten Eier schlüpften und das Holz im Zeitraffer zerfraßen. Das Raumschiff der Aliens wurde Opfer des multidimensionalen Zeitschadens, den die Flügel der Mega-Falter in die Realität des Vehikels gestanzt hatten.

Als dessen Überreste in verschiedenen Alterungsstufen zu Boden krachten, landeten die erschöpften Schmetterlingsreiter in sicherer Entfernung.

Riette stieg neben ihrem Vater vom Falter und schloss ihn in ihre Arme.

»Du bist groß geworden«, brummte er ungläubig. »Ich wette, du hast viel zu erzählen.«

»Das heben wir uns für Teil zwei auf«, antwortete sie orakelhaft. »Die Kurzform ist: Meinrich und ich sind durch die Zeit gereist, um dich zu finden. Dabei haben wir den Zeitreiseschrank verbessert. Jetzt lässt sich auch die Zielzeit einstellen.«

»Wie praktisch.« Er warf einen Blick zu den Schmetterlingen. »Und woher kommen *die*?«

»Willst du das wirklich wissen?«

Frau Richter landete elegant neben ihrem Koffer. »Gut geflogen«, sagte sie zu Lasche, der neben seinem Schmetterling kniete und sich am ganzen Körper zitternd erbrach.

Seine Tochter legte ihm eine Hand auf die Schulter. »Mama erzählen wir lieber nichts davon, oder?«

Anja trat hinzu und sah sich verwirrt um. »Kann mir mal jemand erzählen, was gerade passiert ist?«

Ottmar, der das Bein eines Transformers in der Hand hielt, kam näher und antwortete: »Ich glaube, wir haben gerade die Welt gerettet.«

Frau Richter nickte. »Das ist ein Grund zum Feiern. Zufälligerweise habe ich Kekse dabei.«

»Für mich nicht, danke«, sagte Lasche und richtete sich mühevoll auf.

Lucia griff dankbar nach einem Keks. »Diese Geschichte würden nicht einmal die verrücktesten Science-Fiction-Fans glauben.«

Hinter ihr ertönte ein Plopp und ein weiterer Schrank tauchte aus dem Nichts auf. Die Tür öffnete sich und Doktor Warum vom Science-Fiction-Stammtisch Kosmische Hanse sprang heraus. Er hielt Saugbot PetraX wie ein Baby im Arm. Hinter ihm schoben Deckard und Sieben ihre Köpfe aus dem Schrank. Sie wirkten irgendwie enttäuscht.

»Mist«, sagte Dr. Warum. »Zu spät.«

Kaum hatte er den Putzbot auf dem Boden abgesetzt, fing dieser fröhlich an mit Staubsaugen.

FORTSETZUNG FOLGT.

VIELLEICHT.

101. Tag-Nacht-Wechsel nach der Baumblüte,
»Ort, wo der gurgelnde Bach den Wald verlässt«.

Erst viel später begriff Brunhard Baumversteher, dass er den Plan des Baumes falsch verstanden hatte. Zwar war es darum gegangen, Schränke in die Vergangenheit zu schicken, damit sie mit Kriegern zurückkehrten, doch es sollten keine menschlichen Krieger sein. Warum sollte sich ein Baum auch auf Wesen verlassen, die seine Vorfahren fast ausgerottet hatten? Nein, es ging dem Baum immer darum, tierische Krieger zu Hilfe zu rufen. Wo die Würmer, aus denen die Schmetterlinge geschlüpft waren, herkamen, wusste Brunhard nicht. Vielleicht durchstreiften sie die Zeiten, damit niemand sie veränderte. Oder sie lebten in einer Epoche, die nur von Schränken erreicht werden konnte. Letztendlich war es egal. Die Schmetterlinge hatten ihre Eier ins Holz der außerirdischen Maschinen gelegt, aus denen neue Würmer schlüpften. Sie waren es gewesen, die die Invasion der Außerirdischen gestoppt hatten. Nun lagen ihre gewaltigen zerfressenen Gerippe inmitten der abgeholzten Wälder. Es würde Jahre dauern, bis dort wieder neue Bäume wuchsen, aber irgendwann erlangten sie ihre alte Größe und Schönheit zurück.

Brunhard lächelte, als ihm klar wurde, dass auf dem Getreidefeld nun doch Kartoffeln gewachsen waren.

EPILOG II

*An einem Ort und zu einer Zeit jenseits aller
Vorstellungskraft.*

Wilhelmine Großenberg kochte vor Wut. Ottmar und
sein Begleiter hatten sie ausgetrickst. Sie stieß die Türen
des Schranks auf und schaute auf ein ausgetrocknetes
Flussbett. Das waren niemals die 50er Jahre. Es gab weder Straßen, Häuser, noch plärrte irgendwo dieses
schreckliche Rock 'n' Roll, dass sie schon in ihrer Jugend gehasst hatte. Der Schrank stand in einer trostlosen
Gegend, ohne Anzeichen von Leben. All das ärgerte sie
maßlos.

»Sind wir wieder zuhause?«, fragte Otto hinter ihr.

»Halt den Mund!«, fuhr sie ihn an. Wieso musste sie
nur mit solch nutzlosen Verwandten gestraft sein? Immerhin besaß sie einen Zeitmaschinenschrank.

Als die Hitze unerträglich wurde, zog sie die Schranktüren zu, wie Ottmars es ihr vorgemacht hatte, um die
Zeitmaschine zu starten.

Nichts geschah!

Nur ein paar blaue Schmetterlinge krochen aus ihren
Larven in einer Ecke des Schrankes hervor und breiteten
ihre Flügel aus.

EPILOG III

Montag, 1. März 1920. Berlin, Deutsches Kaiserreich.

Jules Verne schlug die Augen auf.

Für eine ganze Weile starrte er nur an die Decke des Möbellagers und lauschte den Geräuschen der Stadt.

Dann setzte er sich auf. Auf dem gestreiften Sofa an der Wand gegenüber lag Lena und blinzelte müde zu ihm rüber. Unweigerlich musste er lachen.

Es war an der Zeit, einen neuen Roman zu schreiben.

Einen ganz besonderen Roman.

Uwe Hermann: NANOPARK

Wenn dich deine Feinde jagen, mach dir die Illusion zum Freund!

Ausgezeichnet mit dem Kurd-Laßwitz-Preis 2022

Erschienen im Polarise-Verlag

Die SPHÄRE – das bessere Berlin.
Ein High-Tech-Thriller aus dem Berlin des Jahres 2069

Erschienen im Atlantis-Verlag 2019

Pizza aus dem Drucker und genetisch veränderte Algen – die Rettung der Welt oder einfach nur Wahnsinn?

Erschienen im Polarise-Verlag 2021

Uwe Post: E-tot

*Du bist tot? Kein Problem! Das Leben geht weiter –
in der Cloud.*

Erschienen im Polarise-Verlag 2020

- EDITION ÜBERMORGEN -

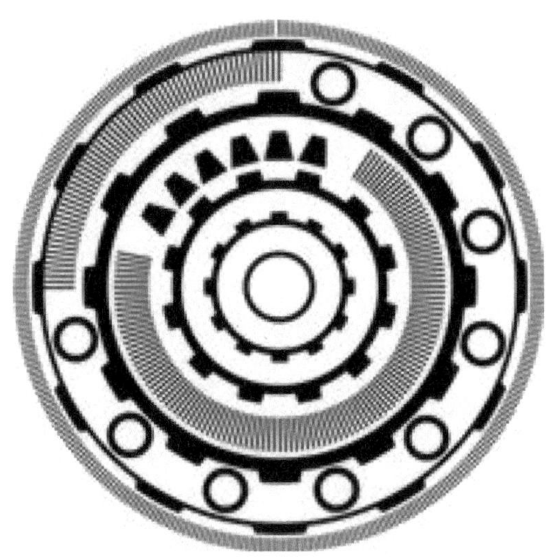

Bisher erschienen:

2022: Uwe Hermann & Uwe Post: Zeitschaden

(Weitere Bücher sind in Vorbereitung)

edition-übermorgen.de